ハヤカワ演劇文庫
〈47〉

渡辺えり
Ⅲ
月にぬれた手
天使猫

ERI WATANABE

早川書房

8396

目次

月にぬれた手　7

天使猫　123

解説　演劇に託す、渡辺えりの祈り／山口宏子　244

渡辺えりⅢ

月にぬれた手

天使猫

月にぬれた手

【登場人物】

高村光太郎
　智恵子（節子）
　はじめ（秀・わか）
良枝（伸・荻原守衛・ボーグラム・ロダン・光雲）
長沼千代子
田辺正夫（北山・若き光太郎）
　八千代（春子）

※注
この作品の登場人物は、高村光太郎が亡くなった画家のアトリエに当時居た人物たちによって演じられる幻想劇として描かれているため、光太郎以外の人物は、どの役をどの役者が何役演じても良いように書かれています。

☆この作品は、実在した高村光太郎について、取材や資料を元に書かれた、フィクションです。

第一場

白い布で巻かれた大きな女の像の一部が劇場のどこかに見える。その女の像の大きな手だけが黒く突き出て見えている。そこは中野桃園町の画家のアトリエで、窓のひとつは桃園川に面し、もうひとつの窓は中庭に面している。大きな本棚と小さなベッド。丸テーブルには書類が散乱しているが、その隙間にビールグラスが二つ置いてある。

脚立に老人が上って像に向かって粘土を放り投げている。汗をかき、ぜいぜい息を切らし格闘している。ドシリドシリと粘土の音がこだましている。

と、少年はじめがドアを開ける。

はじめ　ノックしたよ。

光太郎　……。

はじめ　ノックしたけど粘土の音で聞こえなかったんだよ。
光太郎　……。
はじめ　ここに置いておく。信州のネギが八百屋に届いたんで持ってきたよ。重かったよ、僕。えらいと思うよ僕。
光太郎　……。
はじめ　風の申し子、冬の精鋭。俵を敷いた大胆不敵なネギを見ると、ちきしょう、造形なんて影が薄いぞ。友がくれたひと束のネギに俺が感謝するのはその抽象無視だ。

光太郎、驚いて振り返る。

光太郎　君、それ意味がわかって言ってるの？
はじめ　いや、このネギの入った風呂敷にはってある紙に書いてあるのを読んだだけだよ。八百屋の伸介さんが、先生にこれを手渡す時に読んでくれって。漢字に振り仮名振ってくれたよ。野菜はみんな抽象無視かい？　って聞いてみてくれってんだけど、何ですか？　抽象無視って。
光太郎　存在そのものの確かさがあるということです。それ以外はないというどこを取っても捨てる部分のない見事なデザインということですね。抽象という概念を認めないほどの存在の見事さがあるということです。
はじめ　……。
光太郎　目が寄ってるよ。
はじめ　僕は考え込むとこうなるんだよ。お母様は脳みそが偏ってるんじゃないかって僕をからかうよ。
光太郎　人間みんなどこかが偏ってるもんだ。そしてそこが美しい。
はじめ　でも、おじさんは、このネギの美しさに人は敵わないっていうんだろう？　でも僕は存在そのものの確かさのない人間があるのだろうかと思うよ。
光太郎　それはお母様の受け売りだね？
はじめ　自分で考えたんだよ。僕だって何か存在理由が知りたいからね。ネギの美しさにかなわないなんて言われたら生きてるかいがないものさ。
光太郎　ネギはね、何のために自分が生きてるかなんか考えないんだよ。窓から差し込む日の光を浴びて日の光より白い体になって、光ってる。
はじめ　ぬれてるみたいだね。
光太郎　生きてるものはね、みんなぬれてんです。

はじめ　え？
光太郎　生きていないものは乾いてる。彫刻も絵画もね、生きているものはみんなぬれてんです。

バケツのなる音がする。

光太郎　なんですか？　あれは？
はじめ　お母様がたたいてるんだよ。
光太郎　……。
はじめ　お客様がきたらバケツをたたくように昨日お母様に言ってらしたよおじさんが。
光太郎　ええ？
はじめ　毎日毎日お客に来られた日にゃあ、作品に集中できないからってさ。お母様がいちいちアトリエまで、そのお客様にお会いするのかしないのかの確認をしに来るのも申し訳ないって言ったろ？
光太郎　そうだった……しかしかえってうるさくて良くありませんな……。近所が火事になったのかって思いますね。あ、また。

はじめ　今のは四つだからファンの学生じゃあないのかなあ。
光太郎　ええ？
はじめ　昨日決めたでしょ？　一つは高村家の人々。二つは草野心平さんら、いつでもあっても良いなあ、と思える人たち。三つは確認の必要なひとたち。四つはただのファン。
光太郎　そんなふざけたこと言ったかなあ……。
はじめ　昨日は草野さんとだいぶ飲んでたみたいだからね。

と、バケツ三つなる。

はじめ　あれ？　三つになった。

と、ドアがノックされる。
光太郎、とっさに洋服ダンスに隠れてしまう。
はじめの母親、良枝が入ってくる。

良枝　あら、先生は？
はじめ　……いないよ。
良枝　おかしいわね。

ドアの外から学生が入ってくる。

はじめ　あ……。
北山　すみません。
良枝　おられないようですわ。

学生の北山、安堵のため息を漏らしてその場にしゃがみこむ。

良枝　北山さん大丈夫ですか？
北山　いやあ、良かった、おられなくて……。
良枝　何をおっしゃるの？　今日までもう五日もお通いになったのに。
北山　先生にお会いしたい一心で毎日通ってはおりましたが、いざ本当にお会いできると思ったら、もう体が震えてどうしようもないのです。

良枝　昨日先生に毎日玄関の前にたっておられる学生さんがいるけどどうしますか？ってお聞きした時「その学生は良い人なのかね？」と先生がお尋ねになるので、私思わず「とても良い人ですわ」って答えてしまった。だって毎日先生に「会わない」「会わない」って追い返されるあなたがとても気の毒に思えたものですからね。そしたら先生が「よし、あなたがそんなに良い人だと言うのなら、もし、明日もまた来たら会ってしまおう」っておっしゃって。

北山　……先生は、作品を制作中のアトリエには誰でもむやみにお邪魔してはいけないということをお父様の光雲先生に子供のころからきびしくしつけられたと書いておられます。なのに、僕はこうしてお邪魔してしまった。

良枝　お手洗いでもなさそうですわね……。

北山　……凄いな……。

良枝　え？

北山　この彫刻……白い布でぐるぐる巻きにされていてもこの中身が僕にはちゃんと分かりますね。凄いな先生は。

と、椅子に座り、

北山　これが先生のお座りになっている椅子ですね？

良枝　ええ。

北山　感激だなあ……。

良枝　まるでロダンのアトリエに行った若い頃の高村先生みたいね。

と、北山、光太郎の椅子ですやすや眠ってしまう。

良枝　あら……きっと今日先生に会えると思って眠れなかったのね。

と、光太郎が洋服ダンスから出てくる。しっと唇に指をあてて。

光太郎　うんうん。あなたの言うとおり、この学生は良い人みたいだな。

良枝　工業大学の学生さんらしいですよ。

光太郎　文学をかじってるような学生はひねていていけない。手に職をつけたいと必死で学んでいる、そういった大学の学生の方が芸術に対しては純粋なのかも知れんぞ。

はじめ　（光太郎の像を見て）でっかい女だな……。

良枝　なんですかそんな口のきき方して。

はじめ　おじさんの奥さんはこんなでかくて、男みたいなおばさんだったのかい？

光太郎　これはねおじさんの手の感触だ。おじさんは触らないと物が作れない。触ったその手触りがすべてなんだよ。ぬれていて、大きな生き物をおじさんは作りたい。大きな大きな彫刻を作りたいんだよ。

はじめ　でっかい女が好きなのか？

良枝　これ。

光太郎　ああ、そうだね。勝手にでっかくなっていくんだよ。おじさんのここの中ででっかくなってく。初めは小さかったものが、どんどんどん大きくなっていく。湖の真ん中にね、この像は建つ。大きな湖の真ん中にまるで水から生えた、永遠に枯れない植物みたいに、智恵子が生まれたままの姿で立ってる。しかも太陽と月のようにいっぽうがいっぽうを輝かせるために双子のような二体の体でね。智恵子が元来なりたかった自分と、現実にそうなってしまった智恵子の両方が湖の底から天上を目指すみたいに立っているんだ。

良枝　智恵子さんの夢が立つんですね？　湖に。

光太郎　……それは智恵さんの夢でもあるけれど、僕の夢でもあるな……。そして、エロスを消した両性具有のような像を造るんだな。

良枝　……先生の一部も入ってるんですね？　この像には……。

はじめ　だからでかくて男みたいなおばさんの像なのか……。

光太郎　ああ、これはね、手始めなんだ。おじさんは七十歳から彫刻をやると決めていた。戦前からもう決めていたのさ。彫刻というのは性欲を無くしてからでしかできない作品というものがあるんだね。

はじめ　ということは、性欲のまだない僕なんかにしかできない芸術というのもあるんだろうか？

光太郎　君とおじさんが気が合うのはそういう共通点があるからかも知れませんね。

はじめ　僕はおじさんが言ってた映画を観てさ、映画を作りたいと思ったよ。

光太郎　ああ、スタンバーグかい？

はじめ　うん。「救ひを求むる人々」も凄かったし、「モロッコ」も「嘆きの天使」も凄かった。ああいう風に人物の個性をリアルに描いて人生の悲喜劇を客観性を持って描く監督は素晴らしいな。美男美女が出ていないというのも良いよね？　みんな風変わりで近所にいる人たちみたいだよね？

良枝　ほんとにはじめちゃんは生意気ね。

はじめ　おじさんの話を聞いてから観たものだから、僕にもそう観えちゃったのかしら。僕が生意気なのはおじさんの影響だよ。

良枝　昔から、高村先生の目には大人も子供も同じに見えるんですね？

光太郎　そんなことはないさ。はじめ君ははじめ君、良枝さんは良枝さん、そして智恵さんは智恵さん、違う人物にきちんと見えている。

と、ビールグラスをひとつ手に取る。

はじめ　僕が映画監督になったら、最初におじさんを撮るよ。大きな女に粘土をガシガシ放り投げるおじさんを撮る。

光太郎　ドキュメンタリーかい？

はじめ　違うよ。ドキュメンタリーなんてみんな嘘さ。ホントのように撮っているもののほうが嘘なんだよ。僕は「牛と蟬（せみ）」という題名でおじさんの生活を撮影してその中にラブストーリーを挿入するのさ。お母様に彫刻家のマドンナを演じて貰うつもりさ。

良枝　いやですよそんな。

はじめ　どうせ嘘の話なんだ。しかも、僕が大人になって、映画監督になったらの話なんだ。

光太郎　僕もなりたかった映画監督に。映写機もやっとの思いで買ってね、智恵さんが九十九里浜で千鳥と遊ぶ場面を撮影したのだけれど、空襲でね全部焼けちゃった。君の言うような、ドキュメンタリーと創作のラブストーリーを絡めた実験的な映画を作る予定だったんだ……。残念だったな……。はじめ君の映画に僕は全面的に協力するぞ。

良枝　また先生は子供の言うことを真に受けて。

光太郎　君はいくつだ？

はじめ　十歳だよ。

光太郎　後、八年か十年だろ？　おじさんはそれまで彫刻を彫りながら時が熟するのを待つのみだなあ……ははは……。

とまたビールグラスを見つめる。

北山、途中で目が覚めていたのだが、起きあがることができず、そのまま椅子で寝たふりをしている。しかし、光太郎がビールグラスを見つめているのを見つめている。

良枝　どうしたんです？　さっきから。
光太郎　いやね。またなくなっているんだよ。
良枝　何がですか？
光太郎　ビールがね。
はじめ　おじさんが飲んだんだろ？
光太郎　おじさんのグラスはこっちなんだ。口に水色の縁取りがあるでしょ？　僕のはこっち。
はじめ　黄色い縁取りのそっちは？
光太郎　智恵さんさ。
はじめ　……。
光太郎　昨日心平君はウィスキーを飲んでたからね。じゃあ、今日はこれでということで最後に一杯。僕は智恵さんの分と自分の分をグラスに注ぎ、僕の分だけ一気に飲んだ。朝になってみると、二つとも空になっている。

良枝　……。

光太郎　こういう感覚は映画にしか撮れないものだよね？　はじめ君。そう思わない？　彫刻にも詩にも表現できない感覚だよね。

はじめ　おじさん自分で飲んで忘れちゃったんだよ。だっておじさんは死んだ奥さんの命日にいつもビフテキを二つ作って手を合わせているだろ？　奥さんの分も作ってるって言ってるけど、後でおじさん二人分食っちゃうじゃないか。

光太郎　ビフテキは食うが、このビールは断じて飲んどらん。

良枝　蒸発したんですね。天気が良くて気温が上がったものだから……。

光太郎　……そうだね……その空気の中に智恵さんがいて、ビールを吸収したんだね。ねえ、はじめ君、空気の中で大きく膨張して女神のようになった智恵子が口を風神のようにとがらせてビールを飲むところを映像に撮っておくれよ。そして、その横で痩せた老人の僕がベッドに横たわっているところもね。生きた者と死んだ者が同じ場面で共演することが大事だね。映画はそれができるんだからね。

はじめ　そして映画は死んだ先生にもいつでも喋らせるんだなあ……。

光太郎　ああ、かつての私、過去の私がね。私がもうここにいなくてもね。

はじめ　僕の父ちゃんも映画で撮りたかったなあ……。
良枝　……でもこうしてネギが届くから……。
光太郎　疎開先だった信州の。
良枝　ええ。このネギのきつい匂い。主人もまたどこかで嗅いでいる……そんな風に思えてしまう。
はじめ　二人とも頭がおかしいよ。僕は未来に生きるからな。死んだ者にいつまでも縛られてはいないさ。

と、北山我慢しきれずに。

北山　そうかなあ……死んだ者を思うことが未来を生きることだと僕は思うがなあ……。
光太郎　あ、君……。
北山　すみません。先生の椅子でうとうとしてしまって……。そして起きるに起きられず、帰るに帰れず、タヌキ寝入りで本当にすみません。
光太郎　君は良い首をしている。さっきから君の寝姿を見ていて感心していたんだよ。いつか首を作らせてくれ。

北山　そんなことをおっしゃられるとますます口が利けなくなります。しかし、それならまたここにうかがっても良いということですか？

光太郎　仕方がないよ。もう君はここに入ってしまったんだからね。それに僕は今とても気分が良い。ほら、ごらんなさい。

一同、窓の外を見る。雪が降っている。

良枝　初雪ですね。

光太郎　今朝からわくわくしていたんだ。どうしてなのかと思ったが、こういうことだった。桃園川も歌ってるね。冬が来たんでみんな嬉しいのさ。湖から突き出た智恵子の像にもきっと雪は降る。白く積もった雪の粒子が智恵子の体をぬらしていく。永遠にぬれたからだで四千年でも一万年でも立ってろ。立ってろ。智恵子。ああ、嬉しいなあ、こうして彫刻が作れるんだ……ああ、嬉しいなあ……冬だ。ああ、冬だ。脳細胞が冷えて実に良い。

窓から自分の手を突き出して、雪を確かめる光太郎。大きく突き出た智恵子の手にもなぜか雪が降っている。一同雪を見つめている。

暗闇の中、男の「手」が見える。

月光に照らされていたようだ。男、指を動かしてみる。徐々に男の顔も見えてくる。光太郎である。

光太郎

わたくしの手は重たいから[※1]
さうたやすくはひるがへらない。
手をくつがへせば雨となるとも
雨をおそれる手でもない。
山のすすきに月が照つて
今夜もしきりに栗がおちる。
栗は自然にはじけて落ち
その音しづかに天地をつらぬく。
月を月天子とわたくしは呼ばない。
水のしたたる月の光は

死火山塊から遠く来る。
物そのものは皆うつくしく
あえて中間の思念を要せぬ
美は物に密著し、
心は造型の一義に住する。
また狐が畑を通る。
仲秋の月が明るく小さく南中する。
わたくしはもう一度
月にぬれた自分の手を見る。

辺りに蟬の声　季節は夏に変わっていた。
そして空間は、東京から昭和二十六年の岩手県花巻に変化していた。

光太郎　冷たい水飲みませんかぁ！　おいしいですよぅ！

男は高村光太郎。山荘の前の新しい井戸で水を汲んでいた。

その前の畑で、ひえやあわの栽培のため畑を耕していた少女が農作業の手を止めて光太郎の前に駆けつける。そしておいしそうに水を飲む。

節子　ああ。うめえ。生き返るな。
光太郎　ええ。生き返ります。
節子　なして、こういう時、生き返るっていうんだべ？　今までも生きてて、死んでだ訳でもねえのによ。なしてだべ？

光太郎、アルマイトのコップに汲んだ水を見つめながら考えている。何かを思い出しているかのようである。

節子　ああ。やがまし。
光太郎　え？
節子　なして蟬はこんたにうるせんだべ。
光太郎　恋をしているんです。相手を求めて鳴き続けているんです。
節子　こんたにうるせばもだねべじゃ。

光太郎　その通り。私もつがいになったところを一度もみたことがない。鳴いてるうちに、なんのために鳴いていたのか根本的なところを忘れてしまい、ただ鳴くために生きているといった風になったんだね。……それはまるでついこの間までの僕みたいだな……。

節子　好ぎだ。好ぎだ。好ぎだ。好ぎだ。好ぎだ。ジージージージージー。好ぎだ好ぎだ好ぎだ好ぎだ。ジージージージー。そして三日で死ぬのがあー。寂しい人生だなあ。蟬、蟬、蟬。やがましぞ。黙れ。蟬。黙れ。

光太郎　みんな蟬なんだな。若いうちはみんな蟬だ。恋したくて鳴いてるんだ毎日毎日。

節子　年取ったら違うのが？

光太郎　ロダンだって性欲の果てた後の作品が一番すぐれているんだよ。

節子　性欲？

光太郎　恋をしているうちは良い作品は作れない。何かを他人に見せたい気持ちがついつい入ってしまうんじゃないかな？　ものそのものの美しさ、それ自体を作り出すためには自身が枯れてしまわない限り難しいだろうね。

節子　ロダンも先生も自分の性欲のために彫刻しったのが？　蟬が鳴ぐみでに？　好きだ好きだって彫ってたのが？

と、節子の母親秀が畑の向こうから現れる。

秀　なんぼになっても節子はオレの子供だ。四十になっても五十になっても子供は子供だじゃ。

光太郎　秀さん、せっちゃんはもうお嫁さんになっても良い年頃です。

秀　先生、子供に性欲の話などしねでけで。

節子　今先生ど蝉の話しっただげだよ。母ちゃんも蝉みでにやがましな。

光太郎　秀さんも水のみませんか？　おいしいですよ。

秀　先生のどごの井戸はうめがらね。

光太郎　どうぞどうぞ。一人ではもったいない。村のみなさんが三十メートルも掘ってこんな泉を見つけて下さった。ありがたいことです。

三人、井戸端に腰掛けて水を飲む。

秀　ありゃあ忘れでだ。オレ先生にこれ、渡してけでって校長先生に頼まれたんだった。

と、懐より包み紙を出し、中の写真を光太郎に見せる。それは昨年の冬に撮影したサンタクロースの写真である。

光太郎　ああ、やっとできたんですか。

秀　去年のうちにできでだのにみんなが欲しい欲しいって、現像する度に人にあげでしまって、肝心の先生に渡るのがこんたに遅ぐなってしまった。

光太郎　子供たち裸足ですね。

秀　間に合わねがったんだ。立派な服はあつらえだのによ。

光太郎　ええ？

秀　この日のために子供らの親が用意したんだ。一張羅。靴下まで手が回らなかったのよ。

光太郎　可哀想なことをしたなあ……。

節子　先生は子供たちにお菓子を沢山あげだんだがら仕方ねべよそれぐれは。

光太郎　サンタクロースがプレゼントするのは当然だからね。これは僕の発案でした。

秀　サンタグロースってなんだべ？　オレほんとにしゃねがった。

節子　母ちゃんとオレとで徹夜でつぐったべじゃ。

秀　とにかくサンタは真っ赤なふぐだっていうがら、オレの母ちゃんの赤い襦袢ばほどいでつぐった。

節子　白いふちどりが入るっていうがらよ、家の羊の毛でそごはつぐったのよ。白い髭もおらえの羊だ。

光太郎　二人には大変な思いをさせてしまいましたね。

秀　こどもだぢがあんたに喜んでくれたんだもの。いがったよ。

節子　うん。いがったいがった。んでもよ、先生、サンタグロースって何人だ？

秀　あ、それはオレも気になった。アメリカ人だったらやんたなとおもったじゃ。

光太郎　確かにサンタクロースを世界に広めたのはアメリカに移住したオランダ人たちだ。サンタクロースというのはセントニコラウスのオランダなまりだからね。セントニコラウスというのは小アジアのミュラという町の司教様の名前なんだよ。

節子　小アジアって？

光太郎　黒海の方。今の、トルコやグルジア辺りだね。セントニコラウスは、貧しくて、三人の娘を身売りさせなくてはならなくなった家の煙突から三度金貨を投げ入れて助けた司教でね、たまたま暖炉で靴下を乾かしていたものだから靴下の中から金貨が発見されたんだね。それで今でもクリスマスには靴下をつるすことになっているんだ。また、あくどい肉屋にゆうかいされて七年間も塩漬けにされた七人の子供たちを助けて生き返らせたとも言われている。

秀　んでもよ。なしてキリスト教でもねオラだぢが、キリストの誕生日を祝わねばなねんだべ。なして贈り物するのが菅原道真さんや楠木正成ではいげねんだべ。

光太郎　……。

と深く考え込んでしまう。

節子　母ちゃん、赤と白の服はめでたそうで縁起がいいんだ。還暦のちゃんちゃんこだって赤だべ？　運動会の紅白幕だってそうだ。

秀　ああ。

節子　菅原道真や楠木正成は地味な着物が鎧かぶとだべ。そんたな恰好で子供たちの前さ来たら怖がられる。深く考えるんでねえ。

秀　なるほどな……。んだら西郷隆盛さんならどうだべ？

節子　毎回犬連れでねばなくてめんどくせ。

光太郎　はははは。
秀　サンタグロースだってトナカイ連れでっぞ。
光太郎　上野の西郷さんのあの格好はね、私の父親がどうしてもと言い張ってあれになったんだ。依頼されたのは軍服姿の堅苦しい姿の西郷さんだったらしいよ。
秀　先生のおどっつぁまは上野の西郷様を作られたお方なのが？　えれ人だったたんだなあ。
光太郎　……。
秀　親のごどほめられでも、先生はあんまり嬉しぐねみでだな……。
光太郎　いや、若い頃あれほど反発し、憎悪した父親という化け物がね、今では、屋根の上にちっちゃいヤモリみたいになってくっついて離れんのだよ。そして、それが何とも心地いいのさ。
節子　先生の言ってるごど、時々、わがんねぐなる。
光太郎　すみません。君たちは何も考えずに元気に畑で働いて下さいね。
節子　今さら遅いよ。おらだが無駄に考えるようになったのは、先生のせいだ。先生がここで暮らすようになってがらだ。考えるのはおもせども（面白いが）、くたびれるなあ。

節子と秀、農作業を再開する。

しかし、暑い。と、日傘を射し、グロキシニアの大きな鉢を持った女が現れる。

縞の着物を着ている。

光太郎は父親のことを考えていて、女には気が付いていない。

秀　あいや、まあ……。先生にごしゃがれる。

節子　ああ、お客様か。

秀　申し訳ないけど、先生は夏にはながながお客様には会わねがら、帰ってけで（帰って下さいな）。

光太郎、女に気が付いてぎょっとしている。

秀　先生、今日は校長先生からも何にもきいでね。帰ってもらうがら、中さ(なが)はいってでけろ。

光太郎　何だね、君は。

　　女、日傘をゆっくりと後ろに回す。眼鏡をかけた中年の女である。

光太郎　君は誰なんだ……。
女　先生、お久しぶりです。
秀　お客様でしたら、小屋んながでお茶っこでも。
女　いいえ、ここで結構です。先生のお住まいになっておられる環境を肌で感じてみたいから。
光太郎　東京からの客人なら、花巻の佐藤先生か、山口村の小学校に問い合わせていただいています。断りなく訪ねられても、お会いすることはできかねます。
女　随分と水くさいことをおっしゃるのね？
光太郎　ええ？
女　お忘れですか？　私を……。
光太郎　……。
女　……ご無沙汰いたしております。差し入れどうぞ……。

節子　きれいな花だな。ここらあだりにはない花だ。

女　グロキシニア……先生のお好きな花ですわ。

光太郎、また女をじっと見る。

光太郎　……。

秀　あんだ誰だ？　先生困っておられるべ。

女　東京から参りましたの。わたくし、詩を書いております。

光太郎　綾子君の会の方かい？

女　中原先生とも何度かお会いしておりますけれど、私は先生のもっとお近くにおられた方と親しくさせていただきましたの。この花を先生のアトリエに最初に持って行かれたお方ですわ。

光太郎　……。

秀　とにかく先生、中さはいって貰うべ。

女　いいえ。ここで結構です。

秀　あっづいよ。ながの方が日陰だ。

女　もし先生が私をこの家に入れて下さるとおっしゃるなら、入ったら最後、もう外には出ませんわ。

秀　ええ？

女　私、先生と一緒に生活いたします。

一同　……。

女　というくらいの覚悟で私はここに参りました。あの方に代わって、私が先生の面倒をみさせていただきます。私、あの方に頼まれましたの。私に何かあったら先生をお願いと。

光太郎　……夏は苦手だな。夏の暑さが、僕に幻想を見せているのだろうか？　その花も、その縞の着物も……。

と光太郎ぐらりと倒れかかる。

秀　大丈夫だが？

女　さあ、私を部屋に入れますか？

節子　誰だがしゃねげんと、先生は具合がわるぐなたようだがら、出直して来たらな

女　んたべな（どうでしょうか）？

秀　その冷たい井戸の水をお飲みなさいな。智恵子さんの名前の付いた命の泉をね。

女　なして知ってんだ？

秀　なんでも知っていますわ。先生のことなら。

女　あんだ誰や？

　　お困りでしょう？　先生。こんな田舎では文学の話がまともにできる人もいないでしょうし、彫刻のモデルにしたいような人もいませんよね？　そればかりか掃除や洗濯針仕事。先生のような方がお一人でこんなところでお暮しになるのはお身体にも精神にも毒ですわ。

節子　随分失礼な人だな。それゃあ、詩のごどが、彫刻のごとはオラだはわがんねども、オレも母ちゃんも手伝うってちゃんと言ってんだよ。先生が一人でやるがらいいってゆってんだよ。

秀　毎年東京がら女学生の方だちが、先生の身の回りの手伝いをさせてくれっておしかげでくるども、先生はいっつも追い返してしまうのっしゃ。

女　それでは、弟子にして下さい。私の書いた詩を読んで下さいな。

光太郎　詩というものを誰かに教わろうと思うのは間違いだよ。私があなたの詩を読んでも、あなたにとって何の助けにもならないだろう。詩とは命だよ。紙の上に差し出された命を人がとやかく言えるものではない。そしてもし、あなたの詩に血が通っていないとしたら、誰が読んでも無価値だと思うよ。

秀　昨日も一人若い詩人が来てよ、夜遅がったがらおらの家へさ泊めたんだ。

光太郎　秀さん、そんなことしなくて良いよ。なんで勝手に泊めたりしたんだ。

と、光太郎突然怒り出す。

秀　んだども。もうバスも列車もない時刻だったがら気の毒だとおもってよ。

光太郎　あの青年は、勝手に来たんだよ。こちらの仕事の都合も構わず、自分の都合だけで勝手に押しかけて、自分の書いたっていう、何冊もの詩集を目の前で読んで批評してほしいってこう言うんだ。こんなことは許されないだろう。一見、相手を尊敬しているように見せかけてはいるが実際はエゴイズムに過ぎない。自分が熱心に書いたものだから、人も熱心に読むのが当然だと思っている。そして批評されるのが当然で、自分は勉強熱心だからえらいんだと思い込んでる。相手の貴重な時間を盗んでしまうのだということに何で気がつかない。それで尊敬しているなんて笑わせるな。物を作ろうとする者はみな一生懸命なのが当たり前だ。みんな一人静かに苦悩している。その苦しみが生きることだろう？

女　本当でしたのね？　先生は怒った途端に饒舌におなりになるって。

と、小屋の中から声がする。

声　そんな一生懸命な若者だちを先生は大勢殺してしまったんだけどな。

と、中年の女、伸が現れる。満州から引き揚げて、近くの畑を開拓している農家の母親木村伸である。光太郎、井戸の水を一口飲む。

秀　お伸さん、来でだったの？

伸　先生が、セロリの種送ってもらったがら分げでけるって。朝約束しったんだども、あんまり遅いがら、中さ入らせでもらってだのよ。

光太郎　ああ、忘れてた。すまんなあ、夏は記憶がおぼろになってしまうんだ。

伸　先生はここら辺りでは珍しい野菜の種に詳しぐて、いつも取り寄せては栽培なさってるがら、たまに寄せて貰ってたんだ。そんたなでっけい手えして何でも器用におできになる凄い爺様だと思ってだら、あの高村光太郎だってなあ……。びっくりしたじゃ。

節子　先生が大勢人殺したってどういうことだ？

伸　戦争中にこいづが書いた詩のせいでよ、その詩ば真に受げて、私の息子二人とも戦死だ。一人は特攻隊。一人はシベリアの便所で首吊った。おめえがよ、そんなにえらい芸術家の先生なんだらよ。なして、あんだな戦争ば止めながった？　なしてあおるだげあおってよ。自分は生きでで、私の息子だけ死ねばなんねんだ。

光太郎　……。

秀　あんだ去年満州から引き揚げできたんだっけね？　実家は盛岡なんだべ？

伸　父ちゃんは満州で殺されだ。命からがら父ちゃんの実家さかえたら、弟が嫁もらって家ばついでで、もう居場所はなぐなって、役場からここば紹介されだのよ。この年で一人。なんとも寂しい暮らしだ。

秀　まさか、あんだ、先生と一緒になるつもりなのが？

伸　……何ゆってる。誰がこんな人殺しの爺様ど。あ、狙っているのはおめえだべ。男

秀　はほとんど戦死しちまって、女子供みんな必死に開墾してる。秀さん、あんだもこのじ様の金を狙ってるんだな？
馬鹿なこと言うな。えらい先生様さそんたなごど。罰当たるべじゃ。

秀と伸、そして謎の女の三人の中年女の間で、光太郎、またくらりとする。

女　「必死にあり。[※2]
その時人きよくしてつよく、
その時こころ洋洋としてゆたかなのは
われら民族のならひである。

人は死をいそがねど
死は前方より迫る。
死を滅すの道ただ必死あるのみ
必死は絶体絶命にして
そこに生死を断つ。」

伸　その詩で息子が死んだんだ。

と、小屋の中で音がする。節子小屋の戸を大きく開けると、中に若い男が正座している。そしてその膝には、顔に包帯をぐるぐる巻きにした若い女が頭を載せている。

若い男　僕はその詩で生かされました。

秀　何だべ。まだお客様が。

伸　今朝、豊沢川の橋のたもとに行き倒れていだのをオレが見つけたんだ。

若い男　山形から夜行列車を乗り継いで、昨日の夜に花巻に着いたんだげんと、道に迷ってしまって……。

秀　山形から？

若い男　どうしても高村先生にお会いしたくて。

秀　そぢらは？

若い男　婚約者の八千代です。

若い女　こんにちは。

秀　どこかお悪いんですか？

若い女　入院中だったんですけど、この人にどうしてもって誘われてしまって。

と若い女、横になったまま喋っている。

節子　事故にでもあったんだべが？

若い女　蓄膿症の手術で入院してたんですが、正夫さんが、あ、この人、正夫っていうんです。高村光太郎の講演聴きに行くべって、病院の窓から忍び込んで誘いに来たんです。山形さなの滅多にこねがらって。美術ホールは超満員で、立ち見の人垣の間からやっと先生が見えた。だけども、声が聞こえねのよ。遠くの米粒みだいな先生がでっかい声で話してるんだろうげんとも、さっぱり聞こえない。聞こえたのは、先生が繰り返し叫んでおられた「愚劣だ！　愚劣だ！」という言葉だけ。あれはどういう意味ですか？　何を愚劣だと先生はおっしゃっていたんですか？

秀　それを聞ぐためにわざわざ山形がら？

若い男　……はい。八千代が気になって仕方ないって。

若い女　走りすぎて熱が出ちまった。化膿してしまったのかな。

光太郎　井戸の水で冷やしてみよう。

若い男　申し訳ありません。お手紙を書くべきでした。先生の貴重なお時間を盗んでしまうことになりました。

若い女　手紙書いたってそれより先に着いてたんだから先生にごしゃがっだって今さら仕方ないべした。こっちは切羽詰まってるんだから。

光太郎　君は、確か……田辺正夫君じゃないか？

と、光太郎、井戸の水を盥に汲んで手ぬぐいを絞って、八千代の額に載せてやる。

正夫　先生、覚えていて下さったのですか……。

と、正夫、大いに驚く。

光太郎　昭和二十年三月十日の空襲の日。駒込林町のアトリエに君は自転車で来てくれた。僕が無事かどうか確かめに来てくれたんだ。

正夫　はい。武蔵野の工場から。

光太郎　向かいの家が全焼してあわやという時に風向きが変わって奇跡的に助かった日だった。

正夫　あの時は本当にホッとしました。先生は見ず知らずのまだ子供の僕に握手してくれて、『道程』の初版本を下さいました。サインもして下さって。あの時の先生の大きな手のぬくもりを忘れたことはありません。

光太郎　「これからの日本は君みたいな若い人たちが重要になってくるんだ」僕は君にこう言ったね。……すまないことを言った……。

正夫　え？

光太郎　僕はあの頃、愚かな典型に凝り固まっていた。

正夫　何をおっしゃるんですか？　僕は先生のおかげでここにこうして生きているのだと思っています。先生の詩のおかげです。

光太郎　あの「必死の時」という詩はね。自分のために作った詩だった。いよいよ空襲がひどくなって、近くの電信柱に千切れた女の太ももがひっかかってるのを見た時にね、本当に恐ろしくて、怖くて怖くてね。自分の死の恐怖に打ち勝つために作った詩だったんだよ。

正夫　……。

光太郎　それが、この伸さんの息子さんたち、戦地に駆り出された兵士たちが胸ポケットに縫い付けるような、お守りにまで使われる詩になってしまった。

正夫　先生のあの詩を声に出して読むと心が落ち着きました。死の恐怖で口から臓物が出そうな時だって、耐えることができた。

伸　死の恐怖を取り除ぐための詩。つまり、戦争に勝づために死ぬごとを肯定した、戦争賛美の詩だぢゃ。お国のためにはみんなどんどん死んでいけってね。

正夫　違います。あの詩は生きるための詩でした。止めるも、止めないも、もう戦争は始まっていて、僕らはみんな駆り出されていた。日本中の誰もがみんな戦っていた。男も女も子供も。飼い犬や猫でさえ、お国のために毛皮を剝がれて兵士の防寒服となって戦地に送られていたくらいだ。戦うしかない僕ら、死ねと言われる僕らが後はどうしようもできない僕らが生きるために必要な詩でした。あの詩がなかったら、発狂していたかも知れない。

伸　あんだは軍需工場で働いでだの？

正夫　はい。武蔵野の中島飛行機工場でゼロ戦の頭を作ってました。旋盤工です。

伸　子供がみんな作ってたんだなあ……軍艦も戦闘機も……。

正夫　僕は十四歳から働いて、終戦の時二十歳でした。
伸　今は何してん？
正夫　農協に勤めています。山形大学の夜学に通いながら。
八千代　私は農協の窓口で事務しったの。
秀　はあ……それで。
八千代　私窓口だから、この人に一目ぼれさっだのよ。
正夫　知的な雰囲気にひかれました。
八千代　原節子に似てるってやっでよ。
一同　……。
光太郎　とにかく冷やしましょう。

と、てぬぐいをしぼって八千代の頭に載せる。

八千代　正夫さんは、村で初めて大学入ったんだ。独学して自分で働いてお金作って。
家族も親戚も百姓に学問はいらねえって反対さってもよ。な、正夫さん。
正夫　八千代、先生の前でくだらない話喋るな。

光太郎　いやいや、良い話だよ。……正夫君、君が生きていてくれて、本当に良かった……。

正夫　先生……。

光太郎　僕のアトリエを訪ね、僕と握手して、僕の詩集を抱いて戦地に赴き、死んでいった若者は数えきれない……この辺りは星がきれいでね……この中に横になると天井の隙間からそんな美しい星を数えることができる。僕は毎日数えているよ。泣いたり笑ったりしながら僕の手を握り返したあの人たちの瞳の数をね。

正夫　戦争中は小説家も詩人も画家もみんな戦争賛美の作品を作ってたくせに、敗戦の後はみんなあの戦争は間違いだったって手のひらを返して平和主義になった。そして戦犯探しに躍起になって互いの仲間を告発し合ってる。醜いですよ、みんな。GHQが怖いんだ。戦犯として処刑されるのを怖がってる。

光太郎　僕は……殺されたって構わない……、そう思っていた……。殺されるかもしれないとも思っていた。それだけの罪を犯したことは間違いない……。大政翼賛会の中央協力会議議員にもなっていたし。開戦の日にはみんなを引き連れて皇居まで出かけて万歳三唱した。興奮し、感激に震え、涙が止まらなかった。アジアが世界の中心となり、日本がそれを束ねる。そういう日が来るのを信じて疑わなかった。アメリカに留学し、ヨーロッパの文化にも触れ、フランスで暮らした僕が、そう信じた。それを願った。……いや……今日は変だな……こんなこと喋ったことがなかったんだが……。

秀　そうだね。先生はいづも黙って小さなランプの明がりで本を読んでおられる。オラだぢも何も分がらねがら、黙ってるしかねがらな。

節子　夏は特に無口になる。冬は元気で山に登ったり町さ出がげだりじっとしていねのにな。

女　こんなところにお一人で……冬は本当にお寒いでしょうに。

節子　去年の冬の朝に戸を開げたらよ。先生が白い布かぶって布団さ入っだったの。オレ、先生が死んでしまったと思ってたまげでよ。ゆすってみだのよ。そしたら先生がばっと起ぎでよ。「隙間がら雪が入ってきて冷たいがら布かぶって寝でだんだ」ってこう言うのよ。長年この土地に住んでるものでさえ我慢でぎないような暮らししてるんだ先生は。それも最近分がったんだよ。先生は何にも言わねで黙って一人で耐えていだんだな。なしてだべってずっと思ってだ。母ちゃん、なしてだべってなあ？

秀　ん……。

伸　反省して閉じこもったってが？　電気も暖房もない辺鄙な山奥の三畳の小屋に銭っこに不自由のしない、あの光雲の息子が自分を罰するために籠ったんだって。

光太郎　……。

伸　何したって、息子は帰ってこねよ。

光太郎　……。

光太郎以外の一同、たまたま正夫をじっと見ている。

八千代　何だべ。みなして正夫さんば……正夫さんはオレの婚約者だがらな。

節子　ああ、もうしわげねな。この辺には若い男がいないから珍しくてよ。

秀　んだねえ。戦後初めて見だもんで。

伸　長男が出征した時、これくらいだったなあ……。

女　私の弟も……。

伸　あれ？　あんだ……。

伸、女の顔をまじまじと見る。

伸　やっぱりそうだ。あんだ盛岡の造り酒屋の長沼千代子じゃねえが？
女　……。
伸　どうもさっきからおがしいな？　と思ってたんだよ。なんだよ東京弁など使って。澄ました顔で正座して。見違えでしちまったよ。
秀　ええ？　こちら東京からのお客様じゃないのが？
伸　盛岡の酒屋の娘だよ。オラも昔ちょくちょく頼まれで酒買いに行ってだがら。潰れてしまって、一家離散したんだっけね……。
千代子　さっきからばれちまうんじゃねえがどびくびくしでだのよ。
秀　なしてまたこんなに凝ったごどするのや？
千代子　こんなに人がいるなて思わねくてよ。「高村光太郎独居生活」って『婦人公論』さ書いてあったがら。
光太郎　……。
千代子　私は先生が、奥様が亡くなってからてっきりこれ（頭に指を当てて回転させる）になっちまったと思っててよ。戦争の詩を書いだのも、戦後こんな牢獄みだいなどごさ閉じこもったのも、気違いになったためだと思ってだのよ。あんなに愛した奥様を失ったんだがらね。見で見ろ。

と畳の上に並んだ二つのお膳を指さす。

千代子　お膳んこが二つ。独り暮らしなのにいっつもお膳んこが二つあって、湯呑みまでちゃんと二つ。

一同　……。

千代子　これは死んだ智恵子さんの分だ。んだべ？　智恵子さんが亡くなって、もう十年以上経つのに先生はまるでこの小屋で智恵子さんと生活しているみでだ。これは正気の沙汰とは思われない。昨日、近くの樵(きこり)に聞いたけど、裏山に登っては「智恵子。智恵子」ってしょっちゅう叫んでいるらしいな？

光太郎　……晴れた日には、あの山から岩手山や早池峰山(はやちねさん)が見える。まるで智恵子の故郷の安達太良山(あだたらやま)だ。北上川は阿武隈川(あぶくまがわ)のようだ。その時智恵子の気配が充満する。智恵子が大きな山の女になって僕を飲み込むんだ。

千代子　な？　狂ってんべ？

一同　……。

秀　先生は芸術家だ。芸術家はオラには見えない物を見て感じて暮らしてるもんだ。先生には見えるんだべ、死んだ奥さんがよ。

千代子　死んだ者より目の前にいる生きた女を見て欲しい。

秀・伸　え？

光太郎　……。

千代子　お忘れですか？　そんなはずはないですよね？

光太郎　……。

千代子　「僕[※3]はあなたをおもふたびに
一ばんぢかに永遠を感じる
僕があり　あなたがある
自分はこれに尽きてゐる」

光太郎　……。

千代子　「われ[※4]らの皮膚はすさまじくめざめ
われらの内臓は生存の喜にのたうち
毛髪は蛍光を発し
指は独自の生命を得て五体に匍ひまつはり」

光太郎　……。
千代子　あの時私はまだ十九でした。
光太郎　ええ？
千代子　本名は？　とお聞きになったので「長沼千代子」と答えました。
光太郎　……。
千代子　白菊という名で出ていました。
光太郎　……。
千代子　長沼千代子と長沼智恵子、それで智恵子さんと一緒になったんですよね？　私との思いでのために。私分かっていました。『明星』も『婦人の友』も愛読して先生が私のことを忘れずにいて下さっていることは知っておりました。本当は私を愛して下さっていているのだけれど道ならぬ恋ゆえ智恵子さんと……そうですわね？
秀　なんだべ。おかしいのはこの人のほうだねが？
千代子　私と一字違いの女を妻にしたのは、私への愛ゆえですよね？
光太郎　……前にどこかで会ってるんですか？　あなたと……。
千代子　なるほど、みんなの手前があるからですね？　分かりますわ。

私だって前を隠して盛岡に戻ったのですから。

伸　千代ちゃん、あんた酒屋潰れでがら東京さ行ってたの？

千代子　んだ。弟はあの時まだ小学生だったから。私しか稼ぐ者はいねがった。

伸　あんた、売られだんだな。吉原さ。

千代子　……。

伸　当時は珍しい女学校さ入って、よく袴はいて自転車乗ってたのにな……みんな羨む裕福な家のお嬢様が……。

光太郎　……まさか……あやめ楼の……。

千代子　はい白菊です。

光太郎　……すまん、覚えておらん……。

千代子　……は？

光太郎　んんん。全く記憶にない……。

千代子　……じゃあ、なんのために私はここに？

光太郎　さあ……。

千代子　何のために、人に言えないような苦労を重ね、仕事の合間を盗んでは勉強し、詩を書き今まで生きてきたのです？

光太郎　……。
千代子　生きていれば、いつか先生にまたお会いできる。この一念で……いや、先生嘘ですよね？　どう考えても私のことを忘れるはずがありません。あの仕事がどうにもこうにも我慢できずに厠（かわや）に隠れたり、仮病を使ったり、ある日、天井裏に隠れた時に鼠に齧（かじ）られつい悲鳴をあげてしまい、とうとうお客を取らされました。それが高村先生とお友達の小説家の方でした。緊張のあまり、右手と右足、左手と左足を同時に出して転びそうになりながら、呼吸もできずに真っ赤な顔で突っ立っていた私の前に正座して先生は色んな話をして下さいました。

　と、小屋の戸が開くと、そこはフランスはパリ、モンパルナスの光太郎の下宿になっている。若き日の光太郎が彫像を作ろうとしている。もしくはスケッチしている。実際の光太郎、大いに驚く。

光太郎　これは……。
千代子　先生が留学していたモンパルナスの下宿です。
光太郎　こんな部屋だったかな？

千代子　私の想像力ではこれが限界です。

と、荻原守衛（おぎわらもりえ）が入ってくる。光太郎の親友で、ロダンの弟子だった彫刻家碌山（ろくざん）である。

守衛　糞だな、これは。

若き光太郎　くそ……。

と、彫像なら握りつぶし、スケッチなら破り捨てる。

守衛　やはり君は光雲の息子だよ。実に丁寧で、対象の表面的な美しさを捉える感覚は凄い。しかし、糞だ。

若き光太郎　糞には内面がないと言いたいんだろう？

守衛　いやいや、糞は臭うし、肥料にはなるし、存在としては優れていると思うよ。しかし、芸術ではないということだ。実用的なものは芸術とは言えんよ。一見、役に立たないように見えるものこそ芸術と言える。

若き光太郎　僕は職人の家で育ち、父親の多くの弟子たちと一緒に暮らしてきた。何かを考える前に小刀を持って何かを考える前に木を彫っていた。小刀で切った指の痛みは何のためのものだったのか？　どんな複雑な趣向をこらした作品でも、どんな階級の人物からの依頼であっても、その作品にかかった時間の分でお金を計算していた父親の感覚はまさに職人のそれだった。

守衛　きれいに彫る。見事に彫る。客の喜ぶ装飾を加え、美しくデフォルメした商品という訳だ。誰が見ても感嘆する器用な手による作品だ。

若き光太郎　くそぅ。

と、また自分の作品を握り潰す。

守衛　ロダンの「考える人」を初めて見た時、腰を抜かした。生きていると思った。血が流れているって。醜く歪んだ人間の表情、膨張した太い血管。あんなものを黒く大きく作る彫刻家は化け物だ。俺は泣いたよ。俺は百姓の息子だ。日に焼けて真っ黒になりながら汗をボダボダたらして働く百姓のせがれだ。おてんと様の下でなんにも言い訳もできないでただ働かなくてはいけないようなそんな感覚をあの彫刻に見たんだな。ああいうものを造りたい。ああいう生きたものを。そう思うよ。

と、洋服ダンスから女が三人こぼれてくる。人形のようだ。

守衛　なんだこれは。
若き光太郎　あ、忘れていた。昨日、酒場で会った女たちだ。
守衛　娼婦か……女を買ったんだな。
若き光太郎　酔いつぶれてまだ眠っているらしい。僕は初めて女性を経験したが、どうも摑みどころのない嫌な感覚がしてたまらない。
守衛　それは劣等感だろ？　アジア人だからな俺たちは……。
若き光太郎　あ、見たまえ、窓の外。
守衛　え？
若き光太郎　セーヌ川が真っ赤に染まっている。
守衛　……。
若き光太郎　あれは革命で流れた民衆の血の色だろうか……。
守衛　おい、しっかりしろよ。

若き光太郎　フランス人は革命によって、自らの手で彫刻も絵画も歌も自分たちのものにした。自分たちが求めていたものを自分たちの手で作り上げた。貴族たちが独り占めにしていたすべての芸術を解放し育てたんだよ。だから強いんだ。そんなことを少しも考えたことすらない僕ら日本人にそんなことができるんだろうか？

女の人形①　「頬骨が出て、」
女の人形②　「唇が厚くて」
女の人形③　「眼が三角で」
女の人形①　「名人三五郎の彫った根付の様な顔をして」
女の人形②　「魂をぬかれたようにぽかんとして」
女の人形③　「自分を知らない、こせこせした」
女の人形①　「命のやすい」
女の人形②　「見栄坊な」
女の人形③　「小さく固まって、納まり返った」
女の人形①　「猿のような」
女の人形②　「狐のような」
女の人形③　「ももんがあのような」

女の人形①　「だぼはぜのような」
女の人形②　「メダカのような」
女の人形③　「鬼がわらのような」
三人　「茶碗のかけらのような日本人」

人形たち笑いながら光太郎と守衛の回りを踊る。
守衛せき込みハンカチを口にあてる。喀血する。若き光太郎、呆然と立っている。現実の光太郎が回想の部屋に入る。

光太郎　あの真っ赤なセーヌ川は君の血だったのか……。
千代子　親友だった荻原守衛さんは帰国してから三十歳で亡くなったんですね？
光太郎　ひとりぼつちの彫刻家は或る三月の夜明に見た、[※5]
六人の侏儒（こびと）が枕元に輪をかいて踊つてゐるのを。
荻原守衛はうとうとしながら汗をかいた。
四月の夜ふけに肺がやぶけた
新宿中村屋の奥の壁をまつ赤にして

　荻原守衛は血の塊を一升はいた。
　彫刻家はさうして死んだ――日本の底で。

千代子　荻原さんは報われぬ恋を命の底に沈めたまま、逝ってしまわれた。今でも青年のままの姿で先生の傍らにいらっしゃるのでしょう？

光太郎　あいつは体の中に熱を持っていた。それは畑の土が持っているようなじわりと芯から生まれてくるような熱だった。あいつがもし、今ここに生きていたら、今の私を見て何というだろう……。

千代子　先生はあの時、私をスケッチさせて欲しいとおっしゃった。フランスではひとつも作品を作れなかったとおっしゃって。白人の皮膚、白人の骨格、白人の首はどうしても作れなかったと先生は真剣なお顔でおっしゃった。君の顔を見ているとホッとする。日本人の良い顔だって。凹凸の少ないお月さまの様な良い顔だって。あのスケッチ肌身離さず持ち歩いていましたのに、二十年の花巻の空襲で焼けてしまいました。

光太郎　すまないね。フランスから帰った頃、僕は自暴自棄になっていた。どうしようもない絶望感に襲われ、昼は当時の日本の画壇を批判し、ののしり、夜は吉原に入り浸っていた。そんな中で小さな白菊を摘み取り踏みにじっていたんだろうか？

千代子　……平気です。私、先生に思い出していただくまでここにおりますから。四十年も五十年もたいしたことありませんわ。戦時中のことを思えば何だって耐えられます。

回想シーンの若き光太郎、呆然としたまま立っていた。辺りを見回し感きわまっている。光太郎、あわててその場から別の空間に移動する。

千代子　ロダンの部屋ですわ。

光太郎　ええ？

千代子　せっかくロダンに会いに行ったのにその日に限って留守だったんです。そうおっしゃってましたよね？

光太郎　作りかけのバルザックの像があった。乱暴に布が巻かれていたが、その存在感に圧倒された。

若き光太郎の動きが冒頭の北山の動きと重なる。そして、その下宿のベッドに座る今の光太郎。これも冒頭のシーンと重なって見える。古いシャンソンがさっきから聴こえていた。白い布の巻かれた像もまた冒頭の智恵子像を思い出させる。

と、バックのシャンソンが途絶え、ひげ面の男（ガットスン・ボーグラム光太郎が師事したアメリカの彫刻家）が入ってくる。そして何か言う。すると大勢の人物が現れ、そこらじゅうに座ったり立ったりして食事を始める。レストランらしい。レストランには古いアメリカの陽気な曲が流れている。フォークとナイフを使っているようだ。中央に若き光太郎が座って食事をしている。大勢の客たち光太郎を侮蔑するようにじろじろ見たり、笑ったりしている。女性給仕が三人（さきほどの娼婦たちと同じ役者が演じる）現れ、光太郎を見て大笑いする。黒人用のレストランに行くように言っているようだ。この場面の言葉は何か曇っていて良く分からない。動きだけが無声映画のようにくっきりと誇張されている。かつて光太郎が好きだった洋画のような色彩である。若き光太郎、バルザックの彫像に手を突っ込むと拳銃を取り出す。そして、人々を撃ち殺していく。血を流して死んでいく人々。最後にひげ面の男も撃ち殺す。アメリカで師事していたガットスン・ボーグラムである。大笑いする若き光太郎。

その場面を観ていた光太郎、前方で膝を落とす。
若き光太郎ひげ面の男をベッドに寝かせる。

伸　十二月八日に戦争が始まってからよ。アジアの国々を植民地にし、アフリカから黒人連れで来て奴隷として牛や馬みでに扱うアメリカを許してはいげねとおめえは言ったたな。世界の警察だなどと思いあがったことを言うアメリカは神の国の子である我らが打ぢ倒して当然だってよ。

人々血を流し苦しみもだえている。
若き光太郎がいつの間にか田辺正夫に戻っている。

正夫　僕が小学校の時、担任の先生が言った。「満州に行くか、予科練に入るか、軍事工場で働くか？　三つの中から一つ選べ」って。僕は武蔵野の中島飛行機工場に行って旋盤工になった。日の丸の鉢巻きをして毎日毎日ゼロ戦のエンジン部分を作った。八紘一宇の精神を叩き込まれ、正義の戦争だと信じて疑わなかった。子供だった僕が色んな本を読むようになったのは寮生活の中でだった。全国から集まってきた少年の中に読書好きが何人もいて、僕はそこから様々な知識を学んだ。床から天井まで本が積まれた部屋があった。安斉という名の先輩で、その人がリルケやハイネ、ボードレールやランボーを教えてくれた。宮澤賢治も高村先生の作品も彼の導きで出会うことができた。白熱弾が撃ち込まれ、B29による初めての工場への爆撃の日、その安斉さんが、防空壕の中で犠牲になった。今まで戦争にうかれていた僕の目が覚めた瞬間だった。親友は二度と帰らないのに正義のための戦争？　高村先生が心配だから駒込林町のアトリエを見に行ってくれ。と言ったのも安斉さんだった。安斉さんは智恵子さんと同じ二本松の出身で本当に先生に心酔していた。……雨にも負けず、風にも負けず、あの頃僕らは宮澤賢治の詩を朗読しながらゼロ戦を作っていた。あの詩も、賢治が手帳に書いたメモ書きの詩を高村先生が全国に広めて下さった。しかし、宮澤賢治のあの詩では当時の僕らは救われなかった……この戦争は何なんだろう？　僕はいつ死んで行くのだろうと毎日毎日気の狂うほどこの胸が破裂しそうになるほど悩んでいた時、寮母の先生が教えてくれたのが先生の「必死の時」だった。工場全滅の爆撃の達しがあって四万人の工員が逃げ、僕ら少年三人だけ工場に取り残された時だって、先生の詩は僕を救ってくれた。恐怖のあまり、口から臓物が飛び出すほどでもこの詩を朗読すれば心が落ち着いた。

光太郎　……。

正夫　戦争が終わって、翌日からガラリと価値観が変わってしまった。今まで良いとされていたことが悪になり、黒いものが白に変わった。……僕はついていけなかった。体も心も世の中の動きについていけない。……先生何なんでしょう？　日本という国は一体何なんでしょう？　……僕は教員になろうと思うんです。教育とは一体何なのか知るためです。だって僕らは教育によって様々なものを教えられ詰め込まれた。戦争に向かったのも、まっしぐらに戦ったのもそのためでしょう？　人は生まれてきてゼロから感じ、考えられることがどれほどあるだろうか？　同じ生きた人間を、昨日まで友人であった人間をなんのためらいもなく殺してしまえる。そしてそれが正義なんだという。こんなこと本当に思えますか？　でもついこの前の戦争の時に僕らはそれをやったんです。そしてそれが教育だった。僕は、教育の現場で教育の意味を考えたいんです。

光太郎　……。

八千代　私の父親は職業軍人だった。近衛兵として皇居さ勤めていた。今も仏壇に立派な白い羽根ついた帽子かぶって馬に乗ってる写真が飾られてる。母ちゃんの弟は病院船を爆撃されて死に、もう一人の弟は終戦後、戦地から命からがらやっと帰ってきたと思ったら栄養失調で死んでしまった。男はもう誰もいね。正夫さんと私が一緒になったら私の実家で暮らしてもらおうと思ってる。んでもよ。正夫さんは教員になってこれから大勢の子どもたちを育てて行きたいって。ほしてよ。自分の子供は作らねっていうのよ。戦争で罪のない赤ん坊があだい（あんなに）いっぱい死んだんだよ。やっと平和な世の中になったのに、自分の子供を育てられないなんて、オラ、やんだ。私は子供が欲しい。自分の子供ば育てたい。

秀　ちょっとおめだよ。なしてわざわざ山形から来て、先生さそんたな告白しねばなんねの？　戦争で苦労したのはみんな一緒だべ。先生だって大変な思いされたはずだ。東北人は無口だっていうのはあれは嘘だな。このあづいのにみんなしてべらべら喋ってよ。

八千代　高村光太郎先生になの滅多に会えね。今日、今、この時、言いたいこと全部言わねど。

正夫　八千代は普段は無口な女なんです。

八千代　んだ。ここさ全部メモしてきた。時間がもったいないがらな。先生、失礼があったら許してけろよ。この人が子供いらないっていうのは先生の影響だからなんだ。先生はなして智恵子さんに子供は作らないってゆたの？　初めから生れなければ、苦しみもない……。子供にそんな苦しみを与えたくない。先生は本気でそう考えられていたんですか？

正夫　先生はヨーロッパに留学なさり、男女平等の精神を学ばれた。子供ができれば、女が子育ての犠牲になる。二人が同棲し始めた時の約束でしょう？　一軒の家では暮らしているが、それぞれのプライバシーは尊重し、好きなだけ勉強し、好きなだけ仕事をする。けっしてお互いを縛らない。

と、ベッドに倒れていたボーグラムが起き上がる。

ボーグラム　自分と似た子が欲しくなかったんだろう？　醜い猿の子孫なんかいらなかったんだ。

光太郎　ボーグラム先生……。

ボーグラム　父親に対する自分の感情を思ったら息子たちは増えて行けばいくほど敵も増えるということだからね。

光太郎　……。

ボーグラム　アジア人の子はどう頑張ってもアジア人。君は、ニューヨークの窓のない屋根裏部屋の小さな下宿で何を考えて暮らしていたんだ？

光太郎　先生は私の彫刻の写真をご覧になって「団十郎は少し良いが他はだめだ」とおっしゃった。それは作品の対象がアジア人の顔ではだめだという意味ですか？

ボーグラム　その作品の人物の内面をどうとらえるか？　それとも君は埴輪のようなものを作りたいのか？　アニミズムの観点から、神と人との融合を図りながら、日本人の心情をデフォルメしようと考えているのかね？

光太郎　いけませんか？

ボーグラム　いけないとかいけなくないとかではないよ。そういった作品は欧米人には違和感を持たれるだろうね。結局はゲテモノとして扱われるだろう。

光太郎　僕は日本人です。日本では普通一般の芸術が欧米では受け入れられないということなのでしょうか？

ボーグラム　そうではないよ。そんなものを越えたものを作るということだ。芸術ということに地域は関係ない。アメリカもドイツもフランスもイタリアも日本もね。国境などを忘れさせる何かということだろう。だって君は日本人だ。それ以外にはけっしてなれないし、作品を作っている時に日本人だなどと意識して作ってはいないだろう？　男も女も、作っている時に男だ女だと意識してはいないのと同様。どうしたってその個人の性別国籍生き様はその作品の中にあるということなんだ。

光太郎　どうしたってある。どうしたってそこにある……。それなら僕は何のためにこんなに苦悩しているのだろう……。

ボーグラム　生きてるんだから仕方ないよ。生きていれば悩むのは当然だ。

と、ボーグラム様子が少し変わってくる。ボーグラムがいつの間にかロダンに変化していたのだ。

ロダン　悩みなさい。もっともっと。芸術家にとって大事なのは「自然への愛」と「誠実である」ということです。そのために悩みなさい。天才というものは自然を崇拝し、けっして偽らなかった。その伝統を大切になさい。伝統こそが君たちに決まり切った道から抜け出る力を与えてくれる鍵になるんです。伝統を知ることが、君たちがきちんと現実を踏まえることを覚え、或る大家に盲目的に服従する危険をふせいでくれるんです。

「自然」を君たちの唯一の神としなさい。「自然」は絶対的なものです。君たちの野心を制して、「自然」に忠実であれ。

芸術家にとってはすべてのもの一切が美しい。なぜと言えば一切の生および一切の物に於いて、芸術家の洞察力ある眼がその性格、すなわち形の下に透けて見える内側の真実を発見するからです。そしてそれこそが美そのものだからです。それを信じて研究せよ。君たちは「美」を見つけそこならはずがない。君たちは真実に出会うから。懸命にひたすらに必死になって仕事しなさい。

光太郎　ロダン先生……。

ロダン　辛抱です。辛抱です。インスピレーションなんかあてにしちゃいけない。そんなものは存在しないんです。芸術家の資格はただ、智恵と、注意と、誠実と、意志だけです。正直な労働者のように君たちの仕事をやりとげなさい。

光太郎　……ロダン先生のおっしゃったことは、あんなに嫌いだった親父が昔から僕に言っていたこととそっくりだった……そのことにこの年になってから気が付いてきた……おかしなもんだ……。

ロダン　作品に肉付けする時、けっして表面で考えるな。レリーフで考えなさい。形そのものが君たちに向かって突き出たものだと考えなさい。一切の生は一つの中心から湧き起る。やがて芽ぐみそして内から外へと咲き開く。同じように美しい彫刻には、いつでも一つの強い内側からの衝動を感じる。これが古代からの芸術の秘訣です。

と、ロダンがいつのまにか光雲に変化している。

光雲　がっかりしたよ。長男のお前が家業を継いでくれるものと思って、留学もさせ、生活の面倒もすべて見たんだからな。本当にお前はいつでも辛抱が足りん。

光太郎　父さん。

光雲　辛抱も足りんが、お前は考えが足りないよ。どんな時でも真理は一つ。フランスだろうが、日本だろうがたいして違わないんだよ。権威に対してあれほど反発し、ことごとく私の仕事を否定しつづけていたお前が、日本の一番の権威にかしずいて多数に飲まれていった。外側をひっぺがしてぬめぬめした内面を彫ろうというお前の彫刻刀はお前自身に突き立てなくてはいけないな。

光太郎　ああ……その通りだよ。そのために僕はここにいる。自分自身をむき出しにして内臓までえぐりだすためにここに暮らしているんだ。

伸　ここで開墾しているおらだはどうなる？　おらだは何のバチが当ったっていうんだ？

光太郎　うん。足りないね。僕はまだまだ足りないんだ。空襲ですべて焼かれてしまった時のあの感じ。すべてがゼロになった瞬間。作品のすべてが消え、私という過去が消えた。逃げる時に持っていたのは彫刻刀だけ。全部だよ。全部が焼かれてしまった。

正夫　智恵子さんの切り絵だけは山形の真壁仁さんに託していて無事だったんですよね？

八千代　先生は、自分の作品は全部無くしたけれど、奥様の切り絵だけは全部救われたんだなあ……。

光太郎　ああいった、汚れのない、純粋で、何の思惑もない、ただ一心なリアルが本物だ。あんなものはこの世の誰にも作ることはできないだろう……。あれがもし焼けて、私が死んだら、智恵子という記憶が世界から消えてしまうのではないか？　そう思った……。

八千代　智恵子が消えることは光太郎も消えることだと、先生は思ったのが？　……誰かが語ってくれなければ人は死にっぱなしだものなあ……。

伸　人はみんな死にっぱなしだよ。みんなみんな虫けらみでに死んだまんま。誰にも思い出されず、この地面の下にミミズと一緒に埋まってるんだ。国のため、天皇のため、家族のため、未来のためだって信じたり、疑ったりしながらよ、オラだの足の下でみんな死にっぱなしだよ……。

と、気丈な伸が、地面に顔をつけて泣く。秀、伸を連れて奥に行く。節子はさっきから消えている。千代子もボーグラム、ロダン、光雲を演じた後しばらく光太郎を見つめていたが消えている。正夫と八千代が光太郎を静かに見つめている。光太郎せき込む。

正夫　先生……。
光太郎　すまないが、しばらく一人にさせてくれないか……少し横になろうと思うんだ。
正夫　すみません。疲れさせてしまって。
八千代　あちらに栗の林がありますね？
光太郎　ああ……あの反対側には茶屋ができたはずだよ。
正夫　ありがとうございます。

二人去っていく。光太郎は井戸に近付き水を飲もうとする。と、井戸の中から若き智恵子がずぶぬれになって現れる。（節子と二役）ざっくりした赤いセーターと黒いスラックス。智恵子が着物をほとんど売り払い生活費に充てていた頃に、着ていた服装である。光太郎腰を抜かす。智恵子高笑いする。そばにあったグロキシニアの鉢を見てそれを抱きかかえる。

智恵子　まだ枯れてなかった……。三十年も経つのに。

光太郎　いや、それは……。

智恵子　何それ？

と、山荘の中の荷造りした箱を勝手に開ける。

光太郎　それは校長がお礼にくれた蓄音器だよ。古いけれどまだ使えるからってね。小学校に戦前からあった備品だな。

智恵子　なるほどなるほど。

と、どこか闇の中より平然とレコードを取り出し、蓄音器をかける。そして、曲と一緒にハミングする。

ベートーベンの「田園」である。生前の智恵子が好きだった曲である。偶然にも宮澤賢治も大好きでよくチェロで演奏していた。二人とも東北出身で田園の中で育ってきたからなのである。

光太郎　智恵さん……。

智恵子　あれ？

光太郎　……。

智恵子　キャンバスは？　あたしの部屋はどこ？

光太郎　智恵さんの部屋かい？

智恵子　屋根裏を改装してあたしの部屋作って下さったわよね？　あれ？　ここどこ？

光太郎　……ずぶぬれだ。体を拭こう。

智恵子　ひどい雨だった。すべてを洗い流すような雨、すべての罪をね、洗い流すような……。あなたもぬれなさいな。そうしたいんでしょう？　本当は。あたしと一緒にぬれたいんだ……。

光太郎　外はかんかん照りだよ。

智恵子気にせず「田園」をハミングしている。そして、またどこかの闇から白いバスタオルを出して髪の毛を拭く。

智恵子　光太郎さん。あたし言いたいことがある。

光太郎　……。

智恵子　言ってもいいですか？

光太郎　智恵さん……。

智恵子　三陸海岸は楽しかった？

光太郎　遠回しじゃなく、まっすぐに言ってくれ。

智恵子　なんで二カ月もあたしをほっぽって、一人で旅行にでかけたの？　家は傾いて親を引き取らなければならなかったし、精神的にも参っていたし。絵を描くことにも行き詰ってたあの時期になんでだ。

光太郎　仕事だったんだよ……。

智恵子　そう。仕事。だから私も我慢した。旅行して紀行文を書くお仕事よね？　とても面白い文が書けましたね？　……夫婦って何だろう？

光太郎　え？

智恵子　一心同体じゃないよ。夫婦は。あなたは、自分の体に私の精神が溶け込んでるって人によく言うよね？　でも違う。夫婦は別な生き物だし、男と女はさらに違う。考え方が全然違うんだよ男と女じゃ。しかも私は東北福島の生れだろ？　東京生れのあなたとは、根本的に全然違うのさ。根っこ。根っこだね。そこが違う。……ベートーベンは本当に良いね。耳が聴こえなくなってからの曲がさらに良い。なんでだ？　なんでだ？　ここの旋律。なんで二本松の城跡から見下ろした田んぼが日に光る空気がベートーベンに分かるんだろ？　聴こえないのによ。ああ、ベートーベンは男なのに私の心を理解してくれるような気がするのはなんでだ？

光太郎　さあ……。

智恵子　光太郎さんはバッハが好きだものな。ここにいても「ブランデンブルク協奏曲」が聴こえるんでしょ？　対位法が好きなんだよね？　私も好きだけど、絡めなかった。自立した個性と個性が別な旋律をかなでながら絡んでは離れ、絡んでは離れするのが対位法だ。同時に違う旋律が交差し交わるのを聴くのは面白いね。凄いね。だけど、それをやるためには、それぞれが本当に自立していないと……。でも私は交われなかった。自分で言っちゃうけど、悔しいけど言っちゃうけど、自立できていなかったんだと思うよ。フランスではカウンセリングに通う人は「自分には個性がないようだ。どうすれば人と違うようになれるだろうか？」って相談するんだよ精神科医に。日本はその逆で、「自分は人と違うようだ。どうすれば人と同じになれるんだろう？」と相談するんだよ。そんな日本でだよ。他者と違う、個性的で自立した精神を持った人間であることだけでも大変なのに、女なんだよこっちは。明治時代までは「女子供は人間じゃない」と当たり前に言われていたんだからね。日本は。そんな中で、男と対等に仕事をし、確固たる自分の思想も持ち、個性的な作品も作るという意思を持続させる。しかも生活費を夫と対等にかせぐことを念頭に置きながら。……地獄だね。そう思いませんか？

光太郎　……。

智恵子　もっと柔らかい言葉で喋りたいのに、これはあなたの脳を通しての私だから、どうしても言葉が固くなるね？　ちょっとのどが渇いた。コーヒーある？

光太郎　ないよ。

と、智恵子また闇から湯気の立つおいしそうなコーヒーを出して砂糖を三つ入れて飲む。

智恵子 うめな……中村屋のコーヒーは。

と、福島弁が出る。

智恵子 子供欲しかった……。

光太郎 え？

智恵子 子供は母親の唯一の味方だよ。私の味方を三人は作りたかった。勿論それだけじゃないよ。可愛いよ子供は。私も親に随分可愛がられて育ったものね。そのお返しを繰り返して行くのが命の連鎖とも言えるでしょ？　欲しくて欲しくて子宮後屈の手術も受けたけど、できなかった……。更年期障害で随分苦しんだけど、そんなものが女にあるんだってことを学ばなかった。悔しいよ。悔しい。男はいくつになっても子供ができるのにね。女は損だ。損だ。女は、くそう……。

光太郎 智恵さんがそんなことを言うなんて……。

光太郎、あまりのことにさっきから茫然としている。

智恵子　あなたは私のことを愛していましたか？

光太郎　……。

智恵子　私ね、ずっと悩んでた。あなたは、本当にあたしという人間そのものをちゃんと愛してくれているんだろうかって……。あなたは、あなたを愛するあたしが好きだったのではないですか？　あなたの作品に真っ先に触れ、感じ、感想を言い、褒める私が好きだった。あなたのことばかり考えている私が好きだった。違いますか？　子供が母親に対して持つような感情……。それが女への愛だとあなたは思い込んではいませんか？　あなたが若い頃から女性の理想として思い描いた「山の少女」。そんな理想の外観と母親の心情、そんなものが一体となった私という存在をただ愛したのではないのですか？

光太郎　……。

智恵子　私はね、あなたのすべてを愛してた。悔しいくらいに丸ごと全部。ああ……あなたのことを考えるだけで涙がこぼれてしまう。あなたという人間も。彫刻も、詩も。あなたより凄い人なんて誰もいない。……それなのに、どうしてこんなに寂しいんだろう。……寂しいよ。寂しいよ！　……どうしてあたしはいつも一人なんだろう？

光太郎　僕がいるよ。僕がちゃんとここにいるじゃないか。

智恵子　いないんだよ。あなたはいつもいないんだ。誰もいない、誰も。……あの中原綾子って女、嫌い。

光太郎　え？

智恵子　何人男と付き合って、何人子供を産めば気が済むの？　あの人は私の持てなかったものを全部手に入れた。……恋や子供もそうだけれど、一番うらやましいのは、詩人としてあなたから尊敬されるという、そういう、人間としての才能を認められたということ。

光太郎　智恵さんにだって才能がある……。

智恵子　ハハハハハ。あなたは一度も私の絵を褒めたことがなかった。……褒められるはずがない。あたしは駄目なんだ……色が駄目……色が分からない……ええ、私は色盲の家系です。知ってます。でも関係ないでしょ？　かえって良いわよ「緑色の太陽」を描きたいんだから。

光太郎　……。

智恵子　素晴らしかった……。「緑色の太陽」私はあれからあなたのファンになりました。いつか絶対にお会いするんだって、心に決めておりました。あの日初めてあなたにお会いした日、このグロキシニアの鉢植えを持って、私はせいいっぱいおめかしして会いに行きました。……東北地方の出身だということ。女であること。それらをすべて個性にして新しい作品を生み出す勇気をあの御本からいただきました。本当に素晴らしい内容です。

光太郎　……。

智恵子　描けない。描けない。「緑色の太陽」が描けないんです。……あたしには才能がない。……だから愛してくれないんですか？　あたしに才能がないから。

光太郎　智恵さん、僕はこんなにも智恵さんを愛しているんだがなあ……。

智恵子　何が「あなたを思うたび永遠を感じる」よ。馬鹿野郎。「永遠」なんて見えない言葉であたしをたとえないで。あたしを本当の生きた女にして下さい。そして、刹那で良いからそばにいて。

智恵子、様子がどんどん変化して行き、光太郎とは別の、あらぬ方向に言葉を吐くようになっていく。

光太郎　智恵さん、智恵さん。
智恵子　光太郎！　光太郎！　どこにいるの光太郎！
光太郎　智恵さん、智恵さん！
智恵子　馬鹿にしやがって。あっち行け！　鬼！　悪魔！　触るな！　あっち行け！

と、周りにあるものを光太郎に投げつけ始める。智恵子、般若のような表情になり、うなりながら投げつける。と、千代子が現れ、智恵子を羽交い絞めにする。

千代子　やめて下さい。これ以上、先生を苦しめないで下さい。

と、言葉は丁寧なのに、力強く、智恵子の動きを封じる。

光太郎　千代子さん。
智恵子　誰だ！　この女は！

千代子　千代子です。長沼千代子。
智恵子　あたし？　あんたはあたし？　だったらあたしは誰なんだ？　誰？　フー？
　フーアーユー？　フーアムアイ？

と、智恵子、フランス語のような韓国語のような良く分からない言葉を発するようになる。それに受け答えしているうちに、智恵子と千代子、そのヘンテコ言葉でやりとりしてしまう。つい感心してその二人を茫然と見てしまう光太郎。

光太郎　千代子さん、良いんだよ。一番苦しいのは僕じゃない。智恵さんなんだ。……完璧を求め、自分自身を絶対に許さなかった……。
智恵子　私を許さなかったのはあなたです。
千代子　智恵子さん、太陽は赤でなくてもいいが、緑でなぐでもいいんでねが？
智恵子　……。
千代子　生真面目すぎるよ。高村先生の「緑色の太陽」は教科書でねえ。誰でも感じたことを思ったように描けばいいっていうことだべ？　緑色緑色って独創的な色ばかり求めで行ぐのも何がに縛られることだべ。

智恵子　おら、ゴッホみだいな、スーラみだいなよ、本当に緑色の太陽ば描ぎたかったのよ……。

と、智恵子泣く。独りで。

千代子　高村智恵子みでな絵ってみんなに言われるような絵だべ？

智恵子　んだ。

千代子　智恵子さん、あんだ誰のために絵を描ぐんだ？

智恵子　……。

千代子　あんたは自分のためにしか描いでね。描いた絵も高村先生にしか見せたぐないんだべ？

智恵子　ものの価値の分がんね人に見せても仕方ねべした。緑の太陽の価値は光太郎にしか分がんね。

千代子　んでもよ。絵っていうのは観る人の幸せのためにあるもんだべ？　描いた本人がなんぼ不幸せでもよ。観る人が何か救われればそれでいいんでねが。

智恵子　……。
千代子　あんだ、色んな色のアラベスクが目の前に見えるって言って実際に見えだものを絵に描いたんだってな？
智恵子　うん。
千代子　もう、あんだには本当に緑の太陽が見えるんでねのが？
智恵子　ああ……お日様は緑色だ……。だけんちょ、その色の絵具がないんだ……。

と、また泣く。

千代子　見えるんなら、もう描かなくてもいいんねが……。休め。もう休んで良いよ智恵子さん。あんだが病気になってから先生は全く彫刻の仕事ができなぐなった。あんだが心配で見張ってなくちゃならなかったがらな。出かけるどきに家じゅうの扉に板を張って釘で打ち付けても、あんだ引っぺがして道の真ん中で演説してだって？　浪曲まで歌ってでたって？　高い塀も飛び越えて、男よりも力出たってな？
智恵子　……。
千代子　あだしはあんたが羨ましいと思ってた。気違いになっても先生に心底愛されるあんだが……。

智恵子 ……死にでよ……死にでよ……。

と、智恵子、小さくつぶやき続ける。
別な空間から年配の女性が現れる。品の良い着物を着ている。光太郎の母、わかである。光太郎、気がつく。（わかは秀）

光太郎 おっかさん……。

わか 可愛いな、みっちゃんは……口なんかきけなくても良い……お前は私の可愛い息子だよ。

光太郎 ……（何か言いたいが声にならない）。

わか いつも考えてるからね。お前はいつも大きなことを考えてるから、言葉にならないんだね。今にきっと喋れるようになるよ。三年寝太郎の話知ってるだろう？ 何もしないで三年間も寝てばかりいた太郎がよ、むっくり起きて、八郎潟を作ったって話。みっちゃんは晩熟型なんだよ。年取ったらえらい人間になるからな。

光太郎 おっかさん……。

わか　みっちゃんは何でもゆっくりだからな。人より何でも時間がかかる。考えて考えてゆっくりでもきちっとやればいいんだ。

と、わか、光太郎の頭を撫でてやる。と、突然口調が変わる。

わか　だけど、あんな女と一緒になっちゃ駄目だ。福島なんて日本じゃないよ。お前は東京の由緒ある家柄の娘を貰わなければね。お前は長男なんですよ。田舎者はみんな馬鹿だよ。しつけもなってないし、挨拶だってできないんだ。ずーずー弁なんて聞くと虫ずが走ります。

千代子と智恵子、わかをキッと見る。

千代子　腹立つな。あんた、戊辰戦争の恨みだってまだ残ってるんだぞ。
わか　誰かそこにいるんですか？
光太郎　……。
わか　早く着替えなさい。結城座観に行こう。人形劇。

光太郎　おっかさん。
わか　何があったって、あたしはあんたが一番可愛いよ。

と、誰かが蓄音器にレコードを載せ、ドボルザークの「新世界」をかけた。
山口村小学校の校長である。村長も医者も村人たちや小学生もいる。

校長　先生おめでとうございます。そして本当にありがとうございます。

光太郎驚く。

村長　いやこの度は第二回読売文学賞おめでとうございます。
校長　賞金の十万円を全部まるごと小学校に寄付していただきまして、いやあびっくりしました。感謝の言葉もありません。
村長　いつも先生には多額の寄付をちょくちょくしていただきまして本当にありがとうございます。今回は子供だちに楽器を買わせていただきました。その楽器で先生の前で演奏するんだとみんな張り切っています。

子供たち　「正直親切」「正直親切」

校長　先生に作っていただぎ、また書いていただぎました校訓「正直親切」は講堂の正面に掲げました。先生にデザインしていただいた校章も出来上がりました。

子供たち　このマークは栗ですね？

光太郎　栗はここの名産です。栗の実は食べるとおいしい。栗はおいしいものの代名詞で、うまいものを栗のようだというくらいです。そしてその木は硬くて長持ちします。それに、玉の中央から上に伸びているのは雌しべで、これから大きくなるという意味です。実はふっくらと丸いのがいいのです。栗のことを思っていたら、みなさんの顔も栗のようにつやつやして見えます。そういうわけでこれを採り入れたのです。

子供たち笑う。

子供たち　ありがとうございます。

子供①　先生の作品を見せて下さい。

子供②　先生の彫刻を見せて下さい。

子供③　ここで素晴らしい作品を作って下さい。
子供④　先生の作品を学校の講堂に飾りたいです。
子供たち　それを宝物にします。
光太郎　……。
村長　花巻にぜひ先生のアトリエを作りたい。この太田村が先生の芸術の拠点になればと願っています。
光太郎　父もなく母もなく、妻も子もない僕です。皆さんの温かくて純真な心に触れ、この地を終の棲家にしようと思っているのですが……。

子供たちの演奏する「新世界」が聞こえている。
光太郎ある思いにかられ前方に出てくる。後方の山荘が暗くなり、小学生が笑いながら行進している姿が見える。光太郎気がつくと辺りが林になっている。

光太郎　ここは……時々僕はブローニュの森を歩いているような錯覚に陥る。……美しいなあ……本当に美しい……すべてがいつも新しく、生まれ変わっているようだ…

…。ここが世界の中心にならないだろうか？　この岩手の森が新しい文化の発信地にならないだろうか？

と、さきほどとは別人のようにおだやかな智恵子が林の中から現れる。

智恵子　ここでは彫刻は無理ね。湿度が高いから彫刻刀は錆びてしまうし、寒暖の差が激しすぎて粘土の調節も難しいし。

光太郎　智恵さん……。

智恵子　あなたはここにはもう住めません。あの人たちの夢を壊すことになるわね。

光太郎　いいや。僕はここの人たちが好きなんだ。ここで暮らしたいと思ってる。君は東京で暮らすことのできない人だった。若い頃から一年の半分は二本松に帰って過ごしたっけ。僕はここに来て、その気持ちが初めて分かった……。

智恵子　本当に？

光太郎　ここには戦いがない……馬鹿げた競争というものがない。人が人の心のままに暮らしていける。そして、個人というものがとても大きいんだ。だから、人一人の命がことさらに重い。それぞれがそれぞれをとても大事にするんだね。すべてが大きく、濃くて重たい。この、葉っぱ一枚。この風の匂い。どこかから舞ってくる花びらの色も……。

智恵子　……そういうものがとても嫌だと思ったこともあるんですけど。故郷と東京は二枚合わせた鏡のようなものですわ。一方が一方を映し出しながら、影と光のバランスを変えて行く。自分自身の心を映す鏡と鏡なんですわ。

光太郎　どちらにしても、僕にはもう、帰るところがないんだよ……。

智恵子　全部失ったの？　何もかも。

光太郎　ああ……全部。

智恵子　戦争は終わったんですか？

光太郎　ああ……。

と、いつの間にか伸が立っていた。

伸　いや、まだ終わってはねよ。これがらが戦争なんだって私は思うよ。

光太郎　……。

伸　あんだみてなえらい先生でも、国のリーダーが狂っちまえば機械みたいに人を殺す道具のひとつになっちまう。そして、みんなそのことだって忘れてしまう。オラだってこれがら生きてくことに精いっぱいで、なりふり構わずやってくじゃ……だから、これがらが戦争なんじゃないがって思うんだ。血のみえない死体の見えない戦争だよ……。

光太郎　……。

智恵子　暴力は大嫌い。一番卑怯なこと。その卑怯を正義に変えてしまうのが戦争なんだもの。「いつの時に限らず人間同志が自己の都合から、その生命に手を下すのは自然に対する反逆です。死は一個の生の絶対なのですから。」……あたしが生きて傍にいられたら、あたし、あなたを救えたかも知れない。ごめんなさいね。……でも、人が人を裁くなんてとてもできない。あなたは自然なままで生きて行かなくてはならないわ。

伸　ああ、自分が醜くなっていぐのが本当に嫌だ……死にでよ……。質より量だなんていって何でもかんでも薄利多売のレールに乗るの、ほんとにやんだなあ……。

智恵子　果樹園を作るの？

光太郎　ああ、ここは宮澤賢治君の故郷だ。彼が生きてるうちにあの才能を見抜けなかったのは世間の罪とも言えるね。でも、この辺りには彼の精神が息づいてる。僕がこれからやらなくちゃいけないのは、ああいう、無欲で、素朴で、まっすぐな才能が本物であることを伝えることだ。「世界全体が幸福にならなければ、個人の幸福はありえない」彼はこう書いた。……智恵さんも同じことをいつも言っていたね。

智恵子 あなたは彫刻家です。彫刻のできない場所に留まるべきではないわ。

光太郎 ああ、僕は彫刻家だ。詩は僕の安全弁だ。湧き上がってくる情熱、どうしようもない怒りを封じるには書くしかない。彫刻するには環境がいる。時間がいる。

智恵子 あなたはもう十年以上何も作っていない……。

光太郎 七十を過ぎたら彫刻をやる……そう決めたんだ……僕は彫刻家だ。

いつのまにか秀もいた。

秀 先生帰らねでけろ。ここさ、ずっといでけろ。先生がいねど、オラ、生きているかいがない。先生が笑ってるとお日様が笑ってるみてだ。おら、今まで先生みてな人見たことない。先生はここらの人は温かいて言うけど、住んでる者から言わせて貰うとよ、みんな偏見で物見で、小さいことばかり言うんだよ。先生が来たばかりの時も「変なじさまが来た」って近寄らながったべ？　後でえれ先生が来たって分がると態度ば変えてよ。

光太郎　そんなことはないよ。戸来さんだって、僕の足は特別に大きいから、雪靴だって特別に大きいのを編んで下さって大いに助かった。

秀　先生がお礼に、大きい立派な書を書いて渡したら、「こんたな腹いっぺにならねものばお礼だなんてしょうがね」て言ったんだぞ。

光太郎　ははははは。

秀　笑い事じゃねえ。……でも、そうやって笑ってる先生がでっかくて好きだなあ……。

智恵子　あなたは彫刻家です。彫刻にいのちを削るべきです。

智恵子の後ろに千代子がいて、この台詞を同時に喋っていた。

光太郎　……月だ……もうこんな時間なんだね。

と、手をかざす。

千代子　この時間になるとあなたが作った木彫りの鳥たちが一斉に月から帰ってくる。

鳥たちの羽音がいつも私には聴こえます。そして日が昇る頃にまた月の世界に帰って行くんです。ほら、今文鳥が戻って来ましたよ。白檀の匂いがいたします。

智恵子と千代子途中まで同時に台詞を言い、途中で千代子だけになる。

光太郎　小さなあの命たちはいつも君の懐で眠っていたものね。

千代子　可愛くて可愛くて手放したくありませんでした。あの鳥たちがわたしたちの子供のようでした。あ、今、蟬も飛んで来ましたよ。

光太郎　私の彫った生き物たちを君はあそこで抱いて暮らしているのかい？　あの月の世界で。

千代子　あなたは私をお月さまのようだとおっしゃった。太陽にあこがれていた私なのに。

光太郎　太陽の光線で浮きあがる月の輝きが、僕の体をぬらしてくれる。僕を生かしてくれるんだ。

千代子　私は男と同じように生きたかったんです。日の光を浴びなければ姿の見えないお月さまでは嫌だった。まるで、男の存在がなければ生きて行かれぬ女のようで。

だけれどあなたは、月は月であれと詩の中で私に言っていた。男は男で、女は女。越えられない境界線。私は何と戦おうとしていたのかしら？

光太郎　僕があなたを丸い大きな檻の中に閉じ込めてしまったのだろうか……。

千代子　結局は自分で選んだのですからそれでいいんです。

光太郎　智恵さん……。

千代子　私は幸せだ……先生とこんな風に並んで、こんな風に話していられるなんて。生きてて良かったなあ……。

千代子、光太郎の肩に少女のように寄りかかる。光太郎、初めて横の千代子に気がつく。

光太郎　君は……千代子さん……。

千代子　お月さまが、私を智恵子さんにしてくれた。ほら、私の胸からこんなにあなたの子供たちが生れるんです。

と、千代子赤いセーターの中から光太郎の彫った作品を取りだす。月の光に輝いている星屑のような小動物たちが零(こぼ)れおちる。伸も秀も智恵子と同じ赤いセーターと黒いスラックスを着て林の中に立っていた。その懐から光太郎の作品たちが零れて行く。

光太郎　智恵さん。智恵さん。

一同　光太郎。光太郎。

と四人の智恵子が立っていた。

光太郎　伸さん、畑を一緒に作っていきませんか？　こちらの風土にあったりんごの苗を開発できました。旦那さんが戦死した女たちを集めて下さい。ここらでは観たことも聞いたこともない珍しい品種の研究と栽培の指導をいたします。ここらが白い花でいっぱいになる。伸さんの果樹園になる。

伸　んでも死にでえよ……死にでえよ……。

光太郎　秀さん、秀さんも協力してくれますね？　秀さんの畑の隣が果樹園になる、そしてそれはこれからもどんどん育って行って太田村の文化会館の周りが巨大な果樹園の森になる。果樹園の中に劇場を作り、まずは築地小劇場で上演されたロマンロランの「愛と死の戯れ」を上演しよう。僕も勿論戯曲を書くよ。劇場の壁には絵が飾られ、ロビーには彫刻が飾られている。世界から送られてくる譜面を演奏する楽器も揃えてね。勿論オリジナルの曲も作る。いろんな枠を超えた芸術家たちが集まる果樹園だ。りんごや洋ナシやさくらんぼ、桃にキューイー。それからペパーミントなどのハーブも作ろう。そのために山口小学校の子供たちにしっかり勉強してもらって未来の芸術家を育てる土壌も作っていくのだ。

秀　んでもよ。おら、死にてえよ。先生がそんな夢を語りながら、実は東京に行かれるって聞いたんだ。

伸　母もなく、父もなく、夫も子もなく。あたしらみんな智恵子だった。

明るかった千代子まで星屑の子供を抱え込んで暗くなっている。

千代子　母もなく父もなく夫も子もなく……こんな子供たち抱えてたら急にこだえちまった。死にでえよ。死にでえよ。

しばらく影の中に消えていた智恵子、前景の続きのように呟いていた。

智恵子 死にたいよ。死にたいよ。

そして、星屑をセーターの中にどんどん仕舞っていくが、光太郎が捕まえようとすると逃げ出してしまう。そしてやっと捕まえると星屑を取りだそうとしたらそれは智恵子の切り絵であった。恥ずかしそうに光太郎の前に切り絵を並べ、何度も何度もおじぎする智恵子だった。智恵子たち光太郎を取り囲み何度も何度もおじぎしつづける。光太郎、ここが太田村の林なのか？　ゼームス坂病院なのか？　分からなくなってくる。林が牢獄の柵に見えてくる。女たち、その木を柵のように持って、顔を出したり隠れたりする。光太郎が追いかけると土下座して切り絵を差し出す。と、看護婦の姿をした智恵子の姪の春子（八千代）が現れる。

春子 伯母様、伯父様がお見えですよ。

智恵子たち一本の木に集まってくる。

春子　伯父様、今日の差し入れはなんですの？

光太郎　ええ？　君は……。

春子　智恵子さんの姪の春子です。

光太郎　智恵さんの容態はどうなんだ？

春子　ですからね。良くありませんわ。新緑の頃に一番ひどくなって私のこともわからなくなってしまいますの。秋になればだいぶ落ち着きます。あ、千疋屋のメロンですね？　伯母様メロンよ。

一同　メロン、メロン、メロン。

と光太郎の傍に四人が突然走って近寄ってくる。そして我先にと懐の切り絵を大事そうに抱えて光太郎に差し出す。

光太郎　とても良くできましたね。

智恵子たち、本当に嬉しそうに切り絵を抱きしめる。春子が切り絵をのぞこうとするとすさまじい勢いで逃げ隠れる。

春子　伯母は伯父様にしか切り絵を見せようとなさらないんです。そして毎日伯父様のお越しばかりを待っているんです。他にはもう何も目的がない。伯母が切り絵を作るのは伯父様に褒めて貰いたいから。

光太郎　僕には智恵さんが夢を作っているように見えるがなあ……。昔からの智恵さんの夢の数々がここに溢(あふ)れているように見えるがなあ……。これらは全部生きている。智恵さんの子供たちだよ。

智恵子たち光太郎の傍におずおずと近寄ってくる。

光太郎　それじゃあね。また来るね。

と、智恵子たち泣き始める。手を伸ばして光太郎を引き留めようとする。春子、その手を引き離しそれぞれを木の陰に引き戻す。光太郎行こうとする。

秀　先生、帰らねでけろ。ずっと一緒に暮らしてけろ。帰らねで。おら、一人では生ぎでいぎたぐね。

光太郎　あさってまた来ます。必ず来ますから。

似た動きをしていた四人の智恵子の動きが、それぞれで個性的な動きになっている。元の人格の動きである。服装だけは赤いセーターと黒いスラックスそして洒落たおかっぱ頭である。それぞれが林の中で思い思いの切り絵を作っている。看護婦春子、突如何か楽器を狂ったように演奏する。歌ってもよい。それは即興的に演奏された「田園」である。無口で生真面目な聖女のよろいを脱ぎ捨てたイメージであれば良い。四人の智恵子幸せそうに切り絵を作っている。その途中から切り株か何かに座ってその様子を見ていた正夫がいた。

正夫　先生が愚劣だとおっしゃったのは、僕ら日本人のことだったんですね。

光太郎　……。

正夫　僕らだけではなく、先生ご自身のことも含めておっしゃったんですね？

光太郎　……。

正夫　智恵子さんに比べたら世の中の何もかもが愚劣だ。「世界中の人が幸福にならなければ個人の幸福はありえない」智恵子さんの心に比べ、我々はなんて愚劣なんだ。と先生はおっしゃったんじゃないんですか？　戦争中にあれほどひもじい思いをし、愛する者たちを失った日本人が戦後、餓鬼のように富を貪る姿を先生は愚劣とおっしゃった。自給自足で電気も通らぬ三畳の小屋で暮らす先生が、日本は外側の再建ではなく、内側を構築しなければならないとおっしゃりたかったんですね？

光太郎　日露戦争だって、勝った勝ったと言ってるが実質的には負けている。あれから日本人はトルストイを読み始めた。この戦争の後はさらにそうだろう？　世界に通じる芸術の深さと独自性を日本人が得るためにはひとりひとりが自由な個性を持たなくてはならない。それには常に他者を認め、縛らないことだろう。個人がおおきなものにからめとられて行かないように、考える力を養うんだ。

春子もまた赤いセーターと黒いスラックス姿になっている。八千代であった。

八千代　私、この人と一緒になって良いんだろうか？

光太郎　ロダンの言葉に「一人の人に真実であるところのものは、一切の人にもそうである」というのがある。これは芸術のことにたいして言った言葉だが、恋愛の場合にもあてはまると智恵子が言った。智恵子が好きな言葉だった。

八千代　……。

光太郎　まずは大事にしてみなさい。大事にすればするほど人は輝いてくる。そしたらまた大事にする。最後にそれがぬれているのか、乾いているのか？　の時に考えてみたらどうだろう。

正夫　先生……。

光太郎　家族は勿論だが、教室の子供たちを大事にしなさい。

正夫　はい。どんなことがあっても。

光太郎　夜行に間に合うかい？

正夫　ええ。

と、光太郎と握手し、行きかけるが、振り返り、

正夫　……子供たちを大事にします。僕の村の父親たちは誰も戦争から戻らなかった。父親たちはいないけど、じじいとばばあと母ちゃんたちと、子供たちを大事にします。

智恵子　光太郎！　光太郎！

と、智恵子月に呼びかけている。そしてゆっくりと光太郎に向かって歩いてくる。他の四人の智恵子たちは一人の智恵子に集約され、林の中に消えていた。光太郎、智恵子を抱きしめる。すると智恵子突然の哄笑。驚く光太郎。智恵子光太郎の腕の中で消える。

気がつくとそこは、山荘の井戸の前であった。智恵子のいた場所にはずぶぬれの智恵子の衣服が残されていた。茫然と立ち尽くす光太郎。辺りは真夏の午後であった。蟬の鳴く声が聴こえる。秀の声がする「先生、先生」我に返る光太郎。

秀　先生、冷だい水飲ませてけろ。

光太郎　……。

秀　あっついなあ……ちょくちょく休んで休憩しねどもだねな。

　と、井戸の水を飲む。

秀　ああ、ほんとに生き返る。

　と、節子が現れる。

節子　先生早くしねど遅刻するぞ。

光太郎　え？

節子　今日は終戦記念日だべ？　学校で講演頼まれてるって。

光太郎　頭がボーっとして……夏は体の細胞が死に続けているようだ。

節子　いいがら早く着替えだほうが良いぞ。

　と、光太郎、山荘の戸を開けると、千代子と仲が野良着姿でせんべいを食い、お茶を飲んでいた。
驚く光太郎。

伸　先生、こっち昨日越してきた千代子さんだ。

千代子　果樹園作るんだってな。おらも手伝うかと思ってよ。あ、これおみやげだ。

と、グロキシニアの鉢を差し出す。

光太郎　[※6]生命の大河ながれてやまず、
一切の矛盾と逆と無駄と悪とを容れて
がうがうと遠い時間の果つる処へいそぐ。
時間の果つるところ即ちねはん。
ねはんは無窮の奥にあり、
またここに在り、
生命の大河この世に二なく美しく、
一切の「物」ことごとく光る。

人類の文化いまだ幼く
源始の事態をいくらも出ない。
人は人に勝たうとし、
すぐれようとし、
すぐれるために自己否定も辞せず、
自己保存の本能のつつましさは
この亡霊に魅入られてすさまじく
億千万の知能とたたかひ、
原子にいどんで
人類破滅の寸前まで到着した。

夏の蟬の声の中、雪が降り始める。

光太郎の朗読の声の中辺りは中野桃園町のアトリエに変わる。ベッドに光太郎が横になっている。

昭和三十一年、四月一日の朝である。

北山がメモを取っている。光太郎力なく笑っている。
テーブルに黒い血液の入ったビールグラスが二つある。

北山　これは？
光太郎　血だよ。私の。
北山　ええ？
光太郎　随分吐いたろ？　昨日、草野君に見せてそのままにしてあるんだ。
北山　このテーブルで草野先生はウイスキーを飲んだんですか？
光太郎　ああ……笑っていたよ。「先生の喀血の血を見ながら酒を飲むなんて」って。
北山　どうしてお捨てにならないんですか？
光太郎　なんだかもったいないような気がしてね。こんなに吐いたんだ。これは僕の血だよ。生きた僕のね。ということは僕の詩みたいなものだろう？　吐くたびにこうしてここに残しておこうかな……。

北山じっとグラスを見つめる。

北山　僕らが精密な機械の図面を書くでしょ？　それとバラの詩を書くということはとても似ていると思うんですよ。「夢」の質感は違うかもしれないけれど、その先の部分がね。

と、看護婦（千代子）現れる。

看護婦　北山さん、もうそろそろ。
北山　すみません。今日はもう大丈夫ですね？　明日また来ますので。
光太郎　ありがとう。よろしく頼むよ。
看護婦　あの若い方が先生の御本を編纂なさるんですか？　凄いですね。
光太郎　いいよ。あの人は、北山君はね実にいいよ。大事にするんだね。とても大事にするんだね。そしていつもぬれているよ。
看護婦　さあ、横になって、空襲で焼失した作品のリストの続き、私がメモしましょうか？
光太郎　申し訳ない。
看護婦　ノート取って来ますね。

と、看護婦一旦ひっこむ。はじめが現れる。

シーンとした部屋である。桃園川からセキレイの鳴き声がする。

はじめ　おじさんは寂しくないの？

光太郎　寂しいさ。

はじめ　えらいなおじさんはひとりぼっちなのに泣かないでさ。

光太郎　ひとりぼっちが寂しいんじゃないな。おじさんは、寂しくなくちゃいけないと

おもうんだよ。

はじめ　ええ？

光太郎　人は誰でも寂しいんだけど。そうでなくちゃ、彫刻も絵画も詩も生れないな。

寂しいから詩が生れ、彫刻ができるんだよ。生き死にを繰り返す人間界がある限り、

こういうものはなくならないだろう。美しい命を永遠の形にして残したいんだな。

寂しいからね。このまま死んでしまうのは本当に寂しいね。

はじめ　良くわからないや。

光太郎　おじさんのここには（胸をたたいて）多くの死んでいった人たちの寂しさがあ

る。おじさんの体は寂しさでいっぱいだ。おじさんは寂しくなくちゃいけないんだよ。おじさんは一人でも一人じゃない。沢山の寂しさでいっぱいなんだ。

はじめ　窓開けようか？

光太郎　そうだね。セキレイが鳴いてる。そして、川の匂いがいつもとは違うね。

はじめ　うん。もう四月だもの。桃園川にね、春の匂いが山から流れてくるんだって母さんが言ってたよ。

窓を開けると良枝が庭を掃いていた。

良枝　またお邪魔してたの？　先生がお疲れになりますよ。母屋に行ってなさい。

光太郎　良枝さん、あの黄色い可愛い花、あれはなんていうんです？

良枝　あれは連翹(れんぎょう)です。亡くなった主人が疎開先から持ってきて植えたんですの。

光太郎　好きだなあ……僕、黄色い花……。

良枝　枕元に活けましょう。

光太郎　いや。このままこの窓から見てるのが良い。良いなあ……。レモン色の……眼がさめるようだなあ……。

春の匂いがする。看護婦がノートを持ってくる。もう一人若い看護婦も入ってくる。光太郎が亡くなった時、家族も友人もその死の時に間に合わなかった。この二人の看護婦が光太郎の死を看取るのである。どこかで智恵子がほほ笑む。

幕。

*

この戯曲を書きあげた直後、公演のパンフレットに私は「この戯曲を書くために私は生まれて来たのではないか？」と書いている。父が心酔していた光太郎の晩年の戯曲を書くことは二十年前からの約束で、その約束は、毎年五月十日に花巻の山荘前で行われる高村祭で父が光太郎に会った時のことを講演し、私が付き添いで参加した日に交わされた。

膨大な資料を読み、取材を続けながら光太郎に触れて行くと、私がここにいて演劇を続け様々なことを考えている源流が光太郎にあったことに気づかされていく。なぜなら、父が私に示してくれたもののほとんどが、光太郎の影響下にあったことが分かって来るからである。ロダン、クールベ、ゴッホ、バッハ、ベートーベン、ドボルザーク、宮澤賢治、シャンソンまでも。

二歳の私に、初めて父が朗読してくれたのは「樹下の二人」の中の「あなたは不思議な仙丹を魂の壺にくゆらせて」だし、教員だった父の東京出張のおみやげは上野美術館の、ロダンの「考える人」だった。父親たちがみな戦争でいなくなった山形の村で、父の父は光太郎だった。

その父たちの世代の子供たちが私たちの世代なのである。

当時の日本という檻の中で、自由に生きるための自立した個を育てようと苦悩する光太郎の姿が浮き彫りになって来る。また、戦時中に戦争に加担することになってしまう自分を暗愚と言い、愚かな「典型」と言い切る光太郎自身の反省の心に、どんなに平和主義者の知識人であっても、国が戦争に向かう時には誰しもが人を殺す機械の一部になってしまうことの恐ろしさが見えてくる。

そして、今回ぜひとも書きたかったのは高村智恵子というひとりの芸術家の苦悩である。あの時代に女性が男性と対等に仕事をしていくことの困難は想像を絶する。男女同権を理想とした光太郎の中にも、智恵子の女性として苦しみを理解できずに、女ゆえに縛ろうとした一面があったことも伺える。しかし、光太郎の観念の豊かさは、あの当時としては稀であったろう。愛するものを本当に大事にした人であった。そして、孤独というすべての感情の根っこを作品にしようとした人だったろう。

認知症になってしまった父の枕元には光太郎から父への葉書がはってある。『道程』の文庫本にサインして父と握手してくれた光太郎の手の大きさとそのぬくもりを一生忘れないと父は言った。

この戯曲を書くにあたり、花巻の高村光太郎会館の高橋愛子さん(「山の少女のモデルで長年会館の案内役だったが昨年高齢のため亡くなりました)、ご近所の戸来和夫さん(大量の資料をお借りしました。光太郎に雪靴を編んでお礼に書を貰った方の息子さん。三年前に亡くなりました)に取材させていただきました。また画家中西利雄さんの御子息の利一郎さんにもお話しをお聞きしました。光太郎が智恵子像を造ったアトリエにお邪魔し、貴重な資料も貸していただきました。ご親切に深く感謝いたします。女川の光太郎の会のリーダー貝廣さんからは北川太一さんの講演集平成十三年から二十一年までの手作りの御本を送っていただきました。貝廣さんはこの大震災の津波で亡くなられてしまいました。奥様とお母様を助け避難させた後に街までもう一度もどられ、帰らぬ人になってしまいました。残念で残念で仕方ありません。今回の公演を楽しみにして下さっていました。北川太一先生にもお電話でお話をうかがいました。櫻本富雄教授にも資料をお借りしました。皆様本当にありがとうございました。

注

1　高村光太郎「月にぬれた手」より
2　同「必死の時」より
3　同「僕等」より
4　同「愛の嘆美」より
5　同「荻原守衛」より
6　同「生命の大河」より

参考文献

高村光太郎の著書
『詩集　大いなる日に』一九四二、道統社
『随筆　某月某日』一九四三、竜星閣
『をぢさんの詩』一九四三、武蔵書房
『詩集　記録』一九四四、竜星閣
『高村光太郎詩集』伊藤信吉編、一九五〇、新潮社
『高村光太郎詩集』一九五五、岩波書店
『アトリエにて』一九五六、新潮社
『智恵子抄』一九五六、新潮社
『高村光太郎全集』全十八巻、一九五七・一九五八、筑摩書房
『紙絵と詩　智恵子抄』高村智恵子紙絵、一九六五、社会思想社
『高村光太郎詩集』浅野晃編、一九六五、白凰社
『高村光太郎選集』全六巻、一九六六〜一九七〇、春秋社
『美について』一九六七、筑摩書房
『現代詩読本　高村光太郎』一九七八、思潮社
『緑色の太陽　芸術論集』一九八二、岩波書店
『智恵子抄アルバム』北川太一監修、高村規写

真、一九九五、芳賀書店
『詩稿「暗愚小伝」』北川太一編、二〇〇六、二玄社
『女性日本人』第九号、一九二二、政教社
『婦人公論』一九五六年六月号、中央公論社
奥平英雄『晩年の高村光太郎』一九六二、二玄社
佐藤隆房『高村光太郎山居七年』一九六二、筑摩書房
新潮日本文学アルバム『高村光太郎』一九八四、新潮社
草野心平『わが光太郎』一九九〇、講談社
駒尺喜美『高村光太郎のフェミニズム』一九九二、朝日新聞社
北川太一『高村光太郎を語る　光太郎祭講演』二〇〇二、女川・光太郎の会
湯原かの子『高村光太郎　智恵子と遊ぶ夢幻の生』二〇〇三、ミネルヴァ書房
大島龍彦・大島裕子編著『「智恵子抄」の世界』二〇〇四、新典社
北川太一『智恵子相聞　生涯と紙絵』二〇〇四、蒼史社
大島裕子『智恵子抄を歩く　素顔の智恵子』二〇〇六、新典社
浅沼政規『山口と高村光太郎先生』高村記念会
北川太一『箱』
同『詩について』三〜五
「おもひで光太郎記念集」編集委員会『おもひで光太郎記念集』高村記念会

天使猫

【登場人物】

ケンジ
猫（縞島・生徒B・保阪嘉内（かない）・きつね・紳士）
信夫（校長・うさぎの父・生徒A・別当）
絹恵（ホモイ・政次郎）
トシ（ひばりの母・山猫・ヤス）
清六（岩手山）
シロ

農業高校の生徒
　川村
　柏の木（小原）
　楢（なら）の木（菊池）
　樺の木（伊藤）
　ブナの木（斎藤）

マミミ

女の百姓
　マツ
　タケ
　ウメ
桐

ひばり
黒い人物
シゲ
母　イチ
マリア
風

第一場

瓦礫（がれき）の上で少女がひとり黒い表紙の本を開いた。

本のページから蛍が生れて方々に飛んでは空中で舞い始める。音楽。誰かが幾度も聴き返したと思われる。古いレコード、ベートーベンの「田園」である。よくみると、瓦礫の中にこわれた蓄音器の一部が見える。

そのレコードが、回り始めるのだ。

少女その本を抱きしめ、微笑むと瓦礫の陰に消えていく。

男がひとり歩いてくる。黒いコートを着込んだケンジである。大きなトランクを持っている。

ケンジ、瓦礫の上に残されたさっきの本を見つけて手に取る。

ケンジ　雪か……。

猫　星だよ。

と、突然瓦礫の陰から奇妙な男が現れる。猫というあだ名のふくろうなので名前を一応猫としておく。
しかし、ふくろうかどうかも怪しいものだ。
猫、レコードの針をはずして音楽を止める。

ケンジ　え？

猫　星の破片が舞っているんだ。

ケンジ　しかし、生きてるようだ……。

猫　星は生きてるさ。

ケンジ　蛍だ……これは蛍じゃないか……。

猫　蛍はすぐに死んじまうだろ？　しかし星はね、割かし長く生きられるから、僕は蛍を星の破片と言いたいんだ。

ケンジ　君は泣いているのか？

猫　どうしてさ。

ケンジ　頬が光ってる。

猫　なぜかは知らないが、僕の両目からも星が降るんだ。

ケンジ　涙をまで星と言いたいのかい？　涙までもそんなに生かしたいのか？

猫　今を忘れたくないから。涙を枯らしたくないからね。

ケンジ　誰か死んだのか？

猫　妻がね、死んだはずだ。

ケンジ　はず？

猫　遺体を探している。

ケンジ　見つからないのか？

猫　見つからない。

ケンジ　ほんとに死んだのか？

猫　……。

ケンジ　死んでないかもしれないよ。

猫　百年見つからないんだ。死んだに決まってる。

ケンジ　君は何歳なんだ。

猫　そのくらい探してるって意味だよ。百年ほども探してるんだ。誇張してるんだよ。

そしてね、そして、その百年はあっという間だった。百年なんかあっという間だったと僕は言いたいよ。人は悲しみだけでも生きられるんだ。

ケンジ　君は誰なんだい？

猫　言いたくないよ。そのうち分かるよ。君こそ誰なんだ。

ケンジ　……そのうち分かるよ。

猫　……ああ、違った。これは魚の骨だ。ああ、これも違った。これは入れ歯だ。くそう。くそう。くそう。

と、猫は瓦礫を掘り起こしながら唸っている。それは猫のような仕草である。

ケンジ　手伝おうか？　指から血が出てるよ。

猫　君だって探しに来たんだろ？　みんなここに来るんだ。僕は君みたいな人に随分出会ったから分かるんだよ。人の事はいいから自分の星を探しなよ。

ケンジ　人も星と言うんだね？

猫　うるさいよいちいち。刑事かよあんた。

ケンジ　切れるなよ。猫みたいな奴だな。

猫　ニャー。

　といって一旦消える。と、別の空間に繋がる坂道を一人の百姓が歩いてくる。
　百姓の名前は信夫という。

信夫　ああ、ケンジさん、うちの猫見ませんでしたか？
ケンジ　どうして僕の名前を知っているんですか？
信夫　ええ？
ケンジ　え？
信夫　……。
ケンジ　あ、信夫さんですか？
信夫　ああ、びっくりした。
ケンジ　信夫さん、僕は列車を乗り継いで北の果てまで来たつもりでいたんです。だからまさか分家の信夫さんに声を掛けられるとは思ってみなかったものですから。
信夫　北の果て？
ケンジ　ええ。随分長い時間、僕は夜行列車に揺られていました。海と陸地と空の境が消えた辺りに僕は立っていたと思っていたのに。

信夫 もしここがですよ、ここが北の果てならば、猫を探しているうちに、僕の方が別世界に迷い込んできてしまったのかも知れないな。

と、信夫の女房の絹恵が現れる。

絹恵 ご飯だよ。

信夫 違ったな。やっぱりここは家の畑だな。

絹恵 ケンジさん家で昼ご飯どうかね。何にもないけどあったまるよ。みそ汁熱いから。

ケンジ 夏でしょ？　今。

絹恵 ええ？

ケンジ だって蛍が……。

絹恵 雪ですよ。まだ今は花びらみたいに舞ってるが、今夜には大雪になる。明日にはこの辺みんな埋まっちゃう。もう春までなんにも見えなくなってしまうのさ。

信夫 ああ、早くシロを探さないと。あいつ真っ白だから益々探しきれなくなっちまう。シロや、シロ。こんなに寒い日にいなくなっちまって、雪積もる前に帰ってこいよ。

絹恵　あんた、ご飯。ご飯食べてからまた探そう。こっちがフラフラになっちゃ、シロも探せないよ。

信夫　それもそうだな。ケンジさんもどうぞ。

ケンジ　ありがとう。だけど、僕はさっき食べたばかりですから。猫を見かけたらお知らせしますよ。

信夫　それじゃ。

と、二人道を去って行く。ケンジ、空を仰いでいる。花びらのように雪が舞う。さっきの猫が白猫の姿で現れる。

ケンジ　君はシロ？

猫　まあね。

ケンジ　これはやはり雪だったじゃないか。

猫　季節が変わったんだよ。蛍だったさ、さっきは。もう半年経ったんだ。言ったろ？あっという間の百年だったって。ああ、悲しいよ。切ないよ。マリアはどこにいるのやら。

ケンジ　マリアって？
猫　俺の女房のあだ名だよ。
ケンジ　猫の女房にあだ名があるのか？　なら本名は？
猫　玉。
ケンジ　……。
猫　しかし、そんな玉なんて名前本名でもないさ。人間が呼ぶ名前だもの。俺らの間ではみんなマリアと呼んでいた。猫の中にはうまく発音できなくて「マリニャ」と呼んでしまう奴もいたにはいた。「マリア」でも「マリニャ」でも俺らにとって、俺の女房は猫世界の「マリア・テレジア」と呼ばれていたんだ。
ケンジ　「マリア・テレジア」？　あのハプスブルクの女性君主、オーストリアの女帝かい？
猫　女房は十六人の子供を産み、生涯妊娠しながらも、猫世界にいちばん大切なのは猫教育なのだと言い続け、猫義務教育の基盤を整えようと必死に奔走していた。しかも人のマリアの夫はフランツ・シュテファン公の一人だけ。うちのマリアは十六人の子供の父親がすべて違うという偉業をなしとげた。そんなことが普通できるだろうか。

ケンジ　それは偉業なのか？
猫　猫という生き物は同時に数匹の子供を授かることがあるが、その男親のすべてが違っても同時に出産できることを知っているだろうか？
ケンジ　いいや。
猫　うちのマリアはそういうことをしなかった。いちいち、ていねいに違う男親と交わって十六人の子供を産み続けた。これは猫にとっての貞女の鑑。盛りがきたら数匹と交わって、優れた子孫を残そうとする猫の本能に逆らって筋をきちんと通そうとした、物凄い偉業を成し遂げた猫なのさ。
ケンジ　人と違いすぎて一口に偉いとは言い難いな。
猫　……言っていることが分からんな。こんなに凄いのに。
ケンジ　与謝野晶子だって十二人産んだんだろ？　マリア・テレジアの子供は六人死んで、育ったのは十人だけ。与謝野晶子は十一人育てたって聞くよ。なんであだ名が晶子じゃ駄目なんだ？　ここは日本なんだし。
猫　マリアは聖母の名前でもあり、女帝の名前でもある。作家の名前はケンジだけで充分だろう？
ケンジ　君の子供はその十六匹の中の一匹という訳かい？

猫　十六人の中の一人とどうして言わないのだ？　あんた本当に宮澤賢治？　仏教徒のくせに人と動物を差別するのかな？　しかも俺が動物と分かった途端にため口利くようになっちゃったね。さっきまでは敬語使ってたのに。

ケンジ　敬語使ってたかな？　ま、いいや。そんなに気に障ったのなら謝るよ。それで……その、君の子供はどこにいる？　ちゃんと育ったのかね？

猫　さあ、どこかにいるだろう。

ケンジ　ええ？

猫　自分の子供かそうでないかなんか、猫にとっちゃあどうでもいいんだよ。みんな同じ白猫さ。

と突然冷たく言い放ってケンジから離れる。たじろぐケンジ。

ケンジ　[※1]だから猫は嫌いなんだ。見ているとつめたい、そして底しれない変なものが猫の毛皮を網になって覆い、猫はその網糸を延ばして毛皮一面に張っているのだ。毛皮というものは嫌なもんだ。毛皮を考えると私は変に苦笑いしたくなる。陰電気のためかも知れない。

猫　ニャー。

と、さっきの本のページが風で開かれる。
そこから蛍がまた生れると猫がそれを食べてしまう。

ケンジ　ああ。

と、瓦礫から数匹の白猫が現れる。

ケンジ　君らはマリア・テレジアの夫たちか……。

猫　ふくろうさ。バタバタ。

ケンジ　ええ?

猫　「猫」はふくろうのあだ名なんだよ。ふくろうの顔は猫と似ているからね。

ケンジ　……。

猫　昔、鳥はみんな真っ白だった。知ってるかい?

と、猫たち、次々にこれから始まる物語の登場人物たちに扮装し始める。宮澤賢治の童話「林の底」を思わせる鳥たちの扮装である。猫たち振りかえると背中に小さな翼を持っている。各々衣装を着用し始め、楽器を持って演奏し出す。

ケンジ ちょっと待って。君たちは猫でふくろうを演じているのか？　そしてその上に別の鳥たちを演じようとしているのかい？

猫 そんなことは分からんよ。とにかく俺の話を聞くんだ。

と、猫たち次々と空を飛ぶ。

ケンジ 君らは歌わないのかい？

猫 これで歌ったら「キャッツ」になっちゃうじゃないか。

ケンジ だって君ら、ふくろうなんだろう？

猫 分からなくなっちゃった。猫とふくろうどっちがあだ名だったっけ。

一同お互いの体や顔を確認する。

猫　とにかく、私たちはある物語をあんたに語ろうと思う。

ケンジ吹き出してしまう。

猫　何を笑ってる。

ケンジ　「とんびの染物屋」の話じゃないの？

一同　……。

ケンジ　それならもう知ってるからさようなら。先を急いでいるもので。

猫　なぜカラスが真っ黒になって、白鳥と鷺（さぎ）が真っ白なままなのか？　あんた知ってるの？

ケンジ　有名な話だからな。君らふくろうは良く染まっているな。比較的早い順番でとんびに染めて貰ったとみえる。うんうん細かく染まってる。良い柄に染まってるよ。うん？

　　と、「猫」をさわって、

ケンジ　君は真っ白じゃないか。ちょっと待ってくれ。

　　と、ケンジは先ほどの本を手に取る

ケンジ　さっき君はこの本のページから飛んでった蛍を食べていたんだよね？　いや雪か……。いや星か？

　　猫の腹が光る。

ケンジ　ややや、君の腹が光り出した。君が今食べた光るものは一体何なんだ？　とにかくこの空の光るもの、雪か、星か、蛍を君は食べてしまって、パタパタ空を飛ぶ。君らはやっぱりふくろうなんだな。

と、少女トシ現れて歌う。ふくろうたち演奏する。途中ふくろうたちも歌う。

トシ　♪こんなやみよののはらのなかをゆくときは[※2]
客車のまどはみんな水族館の窓になる
乾いたでんしんばしらの列が
せわしく遷つてゐるらしい
きしやは銀河系の玲瓏レンズ
巨きな水素のりんごのなかをかけてゐる
りんごのなかをはしつてゐる
けれどもここはいつたいどこの停車場だ

トシ持っていた本を開く。

トシ　ホラ、ここ、星はここにある。海も空もここにある。

トシの持っていた本からまた星が生れて飛び立つ。

ケンジ　ああ……。トシ子。
トシ　兄さん……。
ケンジ　帰ろう、トシ子。もう日が暮れる。
トシ　どこに帰るの？
ケンジ　来たところに。
トシ　私たちどこから来たんだっけ……。
ケンジ　……。
トシ　私たちいつからここにいるの？
ケンジ　探しに来たんだよ。きっと会えると思っていた。あれからどうしてた？　寂しくなかったか？　もう大丈夫だ。迎えに来たんだ。
トシ　ここはどこなの？
ケンジ　白鳥湖だよ。樺太だよここは。ホラ、白い鳥が沢山飛んでるだろ？　白鳥さ。波に体を休めている。

と、ふくろうたち鳥の動きをしている。

トシ　ここは湖だったの？　てっきり海の底かと思ってた。

ケンジ　海の底？

トシ　ええ。とっても冷たくて、こんなに海星(ひとで)が光っているものだから。

ケンジ　海星？

トシ　ええ。空にも海にも星は住む。この海星たちは空から落っこちたお星様でしょ？　みんないつか空に帰る日を待っているのでしょう？

見ると、ふくろうたち腹を光らせながら地面を這っている。

ケンジ　僕はトシ子を探して、湖のほとりで白鳥を観ていたんだがなあ……トシ子がもし海の底にいるのなら、トシ子は人魚になったんだろうか？

猫　早く起きろよ。

ケンジ　え？

猫　お前は今眠っているんだよ。

ケンジ　え？

猫　お前が死んだ者と交信できるはずがないじゃないか。
ケンジ　死んだ者？
猫　ああ。トシは死んだ。お前が起きさえすればこいつはたちどころに消えてしまうのさ。
ケンジ　そうか、僕は白鳥湖のほとりで眠っているんだな。

と、信夫が走ってくる。

信夫　ケンジさん、ケンジさん大変です。大変ですよ。ケンジさん。
ケンジ　どうしました？　信夫さん。
信夫　ないんです。
ケンジ　え？
信夫　消えてしまったんですよ。
ケンジ　ええ？　何がです。
信夫　山ですよ。岩手山ですよ。
ケンジ　ええ？

信夫　なくなっちゃったんです。平らになっちゃいました。まるで平らに。

ケンジ　でも信夫さん、僕は今樺太の白鳥湖で……。

　と、辺りを見渡すと、さきほどの人物たちはまるで消えてしまっている。

ケンジ　ややや。すると、岩手山が消えてしまったので、私はここを樺太だと思い込んでしまったのかな？

信夫　ケンジさん、探しに行かなくていいですかね。

ケンジ　ええ？

信夫　岩手山を探しに行かなくていいですかね。

ケンジ　信夫さん、どうして我々が岩手山を探しに行かなくちゃならないんです？　そんなこと僕らの手に負える仕事じゃありませんよ。

信夫　……あきれました。私は大いにあきれました。岩手山を探し当てることができるのはケンジさんの他にないと私は思いますよ。他の誰が見付けられるんです岩手山を。お祭りの日に山男といっしょに見世物小屋のテントに入ったのは一体誰ですか？　山男に手紙を出して紫紺染めのやり方を聞きだしたのは誰ですか？　岩手山が姿を消したのは、山男に何かあったからに決まっています。逃げるんですか？　ケンジさんは。

ケンジ　いや。ちょっとまってくれ。私は今起きているんだろうか？　眠っているんだろうか？

信夫　ふざけないで下さいよ。ケンジさん。眠ってたら、私とこうやって会話できるはずがないではありませんか。

ケンジ　なるほど。

信夫　時間がありません。出かけましょう。

と、大きなトランクをケンジに渡す。

ケンジ　これは……。

信夫　そこらへんのものをみんなそこに入れてしまいましょう。

ケンジ　ええ？

信夫　いいから早く。

　と、信夫、落ちていた本をトランクに入れる。そして自分も中に入って蓋をしてしまう。

ケンジ　ええ？　信夫さん。信夫さん。

　と、トランクを開けるが、中は空っぽである。

ケンジ　信夫さん。信夫さん。これは一体どういうことなんだ。

　と、もう一度トランクを開けると、ケンジ、誰かの手に引っ張られる。

ケンジ　あああ。これは……。

　と、言いながらトランクの中に吸収されて消える。

　舞台上にトランクだけが残る。そのトランクを持った男がいた。ケンジの弟の清六である。舞台、いつの間にか、昭和三十年くらいの高村山荘に変わっていた。灰色のコートを着た紳士（猫）が座っている。

清六　どこでこれを見付けたんですか？
猫　トキーオです。トキーオには何でもあるんです。
清六　あなたはトキーオから？
猫　いや、センダードです。害虫の駆除を頼まれまして。
清六　いなごですか？
猫　いや、毒蛾です。

信夫と絹恵、顔や腕に包帯を巻いて現れる。二人とも腰の曲がった老人の年齢になっている。

清六　どうしました？　信夫さん。
信夫　やられました。
清六　ええ？
信夫　蛾ですよ。毒蛾です。

猫　やっぱり。ここらまで広がっていましたか……。
信夫　こちらは？
清六　駆除を頼まれたそうで。
猫　センダードの縞島です。

二人、猫に挨拶する。

猫　蝙蝠(こうもり)直しもやってます。
絹恵　え？　良かった、蝙蝠ひどいのが三本もあるんですよ。後でいいですか？
猫　喜んで。
絹恵　まあ、これ。これケンジさんのトランクじゃねえのが？
清六　縞島さんがトキーオから仕入れてきて下さった。ほんとそっくりです。
信夫　本物は空襲で焼けてしまったんだべ？
清六　（うなづいて）原稿は高村光太郎先生の御助言で、防空壕さ入れてて全部無事だったんだげんと。
絹恵　先生はご自分が空襲で何もかも失ったから、ケンジさんの宝物は守りたかったたんだな。

清六　縞島さん、これはおいくらですか？

猫　……。

とニヤニヤしている。

清六　売って下さるんですよね？

猫　そりゃあね。売る気でやってきたんですよ。こちらの清六さんがお探しだとイシガ
ーマの床屋が言ってましたんでね。しかし。

清六　しかし？

猫　なんだかこのトランク、私、好きになっちゃって。

清六　え？

猫　愛妻に死なれてからもうずっと一人身で「何でもや」みたいなことやりながら、日
本国中旅してますんですが、何かこのトランク、妻に似ている。

一同　ええ？

清六と信夫と絹恵トランクをまじまじと見つめる。

信夫　こんな茶色くて四角い奥さんだったんですか？

猫　いや、白くて丸い妻でした。

信夫　というと、似ているのは性格ですね？

猫　そうなんです。何でも受け入れて、夢見がちなところがね。

一同　なるほど。

清六　なんで、なるほどなんて言っちゃったんだ。縞島さん、そんなこと言わずに私に売って下さいよ。ちょうどここんところに黒い手帳が張り付いてた。ここのポケットのところまでそっくりのトランクなんです。

猫　考えさせて下さい。とにかく駆除が終わるまではここにいますから。

清六　じゃあ、それまで、うちに泊って下さいよ。

猫　いやいや、私は一人が良いんです。

信夫　ここさ泊ったらよがんすべ。

絹恵　んだんだ。高村先生は十和田湖の智恵子像が完成すねど帰ってこねがらここさ泊れ。私らも管理頼まれてるからちょくちょく来っからよ。な？

信夫　ああ。
猫　数日かかりますよ。
清六　そんなに凄いんですか？　毒蛾は……。
猫　そのはずです。
清六　ええ？
猫　センダードからイーハトーボまで毒蛾の猛威という噂は街から街を移動する度に大きくはなっているのですが、凄い、凄いという証言ばかりで、毒蛾自体が見つかりません。
清六　はあ……。
猫　ですから私実は、駆除する毒蛾自体を探しているんです。
清六　といいますと？
猫　この通り（と信夫たちを指して）被害は数件報告されてはいるんですが、どこを探しても現物が見つからなくて。それで数日探してみようと。
清六　駆除の依頼は誰から？
猫　私はセンダードの大学教授ですが、教授はトキーオの研究所。研究所は議会。議会は裁判所。裁判所は……。

清六　とにかく大変ですな。
夫婦　大変ですな。
猫　蛾が我が強いんですな。
信夫　蛾が我がね……。

後ろに突然レディー・ガガ風のふくろうが激しく踊っている姿が見えるが、誰も気がつかない。

清六　何日居て下さっても、家なら何でも揃ってるのになあ。
絹恵　家族の中にいたら、死んだ奥さん思い出して苦しいのだべ。ケンジさんも寂しがり屋のくせに、一人でいたもなあ。
信夫　ケンジさん、独身主義をやめて結婚すっぺと決意した時に残念ながら病気になってしまわれたんだな。
絹恵　夜中に冷たい水浴びダリ、走り回ったり、あれはよっぽど苦しかったんだべな……。
信夫　男が性欲と戦うのは苦しいもんだ。

と、外で白猫が鳴く。

絹恵 なんだべ。またシロが発情しった。

信夫 そうだ一応シロにもきいておくべ。ここさ縞島さん泊ってもかまわねべ。なあ？

と、今度は外に声を掛ける。

と、「ニャー」と声がする。

清六 今のは？

信夫 シロですよ。

清六 シロは昔家出したシロですか？

絹恵 んだ。

清六 でもシロがいなくなったのは……。

信夫 そうだ三十四年前だ。

清六 ……。

絹恵　戦後になって帰って来たのよ。なあ。

シロの声　ニャー。

信夫　死なねのよ。うちのシロはいなくなっても必ず帰ってくる。ほして長生きなんだ。なあ。

シロの声　ニャー。

信夫　そして三十四年間、ずっと発情しっぱなしだ。

と、シロが発情の声で鳴く声。風が吹く。

猫　ああ、良い風だ。林の中から吹いてくる。

清六　兄も姉も風が好きでした。そしてその風にそよぐ林も。……兄はよく透明になるという言葉を使っていました。心も体もこの空気に溶けて重なっていくような状態をそう言ったのでしょう。姉が亡くなる時に林に帰りたいと申しましたが、林の中の風に溶けていく感覚、まさに透明になっていくんだと言いたかったのかも知れません。

信夫　ケンジさんが枕元にみぞれを持って行くと、トシさんは「ああさっぱりした、まるで林のながさ来たよだ」って言ったそうだな。

清六　兄の影響だと思うんです。「林の中に自分の考えがある」言葉にできないほどの広大な意識の流れがあの林の中にあるのだと兄は言った。

猫　微生物と小動物と木々に花々、日の光や月の光に動かされる生きとし生ける者たちの小宇宙のたとえということですね？

清六　いや。兄が私たちに話していたことはたとえや比喩ではないんです。兄はいつも科学的に現象を捉えていたんです。この世に存在するすべてのことは科学的に証明できると考えていたようです。

信夫　科学者であり、宗教家であり、そして農民であろうとした詩人。ケンジさんは摑もうとしても摑めない雲でできた巨人だなあ。ねえ。

　シロがニャーと鳴く。すると古井戸からザブンとケンジが登場する。風が吹く。信夫と絹恵、序幕の年齢にもどり若返る。

清六　あんちゃん……。

ケンジ　清六、今日は良い天気だ。生徒たちもみんな待ってる。

清六　あんちゃん……。

ケンジ　もうすぐ本番だがらな。今日は最後の仕上げだぞ。

清六　これは……。

猫　ほらね。オイラの女房がまた夢を孕(はら)んじゃった。

ケンジ、舞台中央に立って叫ぶ。

ケンジ　ここでちょこっと芝居の稽古していいか？

劇中劇を演じる農業高校の生徒たちの声が聴こえる。

声　いいぞう！

ケンジ　よしよし。そのために森の木ばちょこっと切ってもいいが？

声　いいぞう。

ケンジ　よしよし。川村。

はい。と声がして、トランクから生徒の川村が出てくる。

ケンジ　はじめっぞ。

「はい」と声がしてまたトランクから何人かの生徒出てくる。そして、セットを劇中劇の形にする。川村、セットの舞台に上がり、芝居を始める。

川村　柏の木。一本切ってもいいが？

柏の木（小原）　いいぞう。

と出てくる。

川村　楢(なら)の木。一本切ってもいいが。

楢の木（菊池）　いいぞ。

と出てくる。

川村　樺の木。一本切ってもいいがあ。
樺の木（伊藤）　いいぞう。
川村　ブナの木。一本切ってもいいがあ。
ブナの木（斎藤）　いいぞうって。いい加減にすろよ。森の木全部一本ずつ切ったらはげ山になっつまう。そんなに切ってどうするんだ。
一同　んだんだ。どうするんだ。
川村　工場を作るんだ。
柏の木　お前が作るのか？
川村　オラはそこで働くんだ。
楢の木　誰が作るんだ？
川村　酒っこ作る会社の社長さんだ。
樺の木　なしてお前がそこで働くんだ？
川村　去年も今年もばけもの麦がさっぱり実らず、おっとうもおっかあも食べ物探しに、森に行ったまま帰ってこねえし、妹はお菓子の籠に入れられて、背の高い男にさらわれだ。オラ、腹へって腹へって死ぬがど思ってだどごろさ、酒っこ作る社長が来て、工場で働かねがどさそわっだ。ここでまず木を切る手伝いさんなねんだ。

ブナの木　そいづあ、もぜいなあ。

一同　もぜいなあ。

演出していたケンジ舞台に駆け上がる。

ケンジ　川村、「妹はお菓子の籠に入れられて」って籠そんなにちちゃこくては妹入らねんねが？

川村　ああ……。

ケンジ　川村、これぐらいにすろな？

川村　先生、そんな大きなお菓子の籠観たことありません。

ケンジ　地球儀観てみろ。

誰かが地球儀を出す。

ケンジ　日本はここだな？

一同　おお……。
ケンジ　世界はこったに広いんだ。お前が見てる世界だけが世界と思うなよ。
川村　はい。

　　と、無対象の籠の大きさを確かめる。

川村　妹はお菓子の籠に入れられてさらわれた。
ケンジ　はいはい。そこで泣きましょう。
川村　え？
ケンジ　妹はお菓子の籠に入れられてさらわれた……。

　　と、真剣に泣きながら演じる。
　　一同、気の毒になって貰い泣きする。

ケンジ　お前らが泣いでどうする？
伊藤　んでも、おっとうもおっかあもいねぐなって、妹まで誘拐されたなんて……。

ケンジ　んだら、次の、もぜいなあ。で泣きましょう。

一同　もぜいなあ……。

と、泣く。

ケンジ　それから、このもぜいなあは東京弁では、可哀そうだなあ……という言葉になります。

一同　ええ？

ケンジ　なので、みんなが東京で「もぜいなあ」と言っても、東京の人には意味が分からないのです。

一同　まさかあ……。

ケンジ　本当なのです。

一同、大いに驚く。

と、もう一度地球儀を出して、

ケンジ　こんなにちちゃこい日本の中でも、色々な言葉があって、東北弁は東京では通じないのです。

清六　それであんちゃんはエスペラント語覚えたんだな。

と、清六、初老の男のまま回想シーンに入っていく。

ケンジ　お、清六お前！

清六　はい。今、軍隊からもどりました！

ケンジ　世界中で一つの言葉ば話せたら、戦争なのなぐなっからな。東北弁も馬鹿にされたりすねがらな。

一同　ケンジ先生は凄いなあ。

菊池　エスペラント語で「もぜいなあ」はなんというのっす？

清六　コンパティンダ。

小原　先生、この芝居ば全部エスペラント語でやったらなじょだ？

ケンジ　良い考えです。

樵役（きこり）の生徒二人出てくる。信夫と猫。

生徒A　切るぞー。
生徒B　切るぞー。
ケンジ　まだ出番じゃないぞ。
生徒A　まーちきーれなーくてー。

と歌う。

ケンジ　ああ？
生徒B　待ちきれなくて。
ケンジ　駄目だ駄目だ。これからエスペラント語に翻訳もしなければならんのす。
生徒B　いいがら早く倒れろ！

と、小原を切り倒す。

小原　いだいよ。先生、いだいです。
生徒B　お前らがはやぐ切り倒されねど、話が先に進まねのだ。
生徒A　んだよー。んだよー。その通りー。

と、二人でどんどん切っていく。

一同　先生……。
生徒A　だいだいいっつも川村が主役でねえが。
生徒B　えこひいきだじゃ。
ケンジ　オラの教え方が悪いからだな。この二人は本当は素直ないい子なんだ。ミャーマスチティーウン（私はこれを愛しています。エスペラント語）

と、鉛筆を噛む。生徒一同、大いに弱る。

清六　樵はこの芝居にはなくてはならない、影の主役だ。そっだなごどもわがらねような頭の悪い奴らにはもったいなくてやらされない役だから、ケンジ先生、二人を役からおろしてけろ。

生徒AとB顔を見合わせる。

生徒A 清六さん、オラ、影ではなくて表の主役すったいのす。

清六 なしてや？

生徒A いっつも妾（めかけ）の子妾の子って白い目で見られてるからよ。虚構の演劇の中だけでも日の当たる場所さいっだいのよ。

川村 んだら、オラ代わってやるよ。

清六 じゃあ、亀山君、この長台詞十ページ分、エスペラント語で明日まで覚えてきなさい。

生徒A 樵でいいっす。

一同陽気に笑う。小原が巻いていたしめ縄がさっき倒れた時に落ちたのをケンジ拾いながら、

ケンジ　このしめ縄を見て下さい。この形は何を表しているか分かりますか？
一同　いいえ。
ケンジ　太いしめ縄の本体は雲。細く下がっているのは雨を表しています。そうして白いゴヘイは稲妻を表しています。
一同　へえ……。
ケンジ　農業には雨がなくてはならない。そして、雨を降らす雲も宝です。そして稲妻。稲妻は害虫を殺します。稲妻は空気中の窒素を分解して、雨と一緒にじょじょにじょじょに地中にしみ込ませます。無線局の塔の下に麦畑がありますね？
一同　はい。
ケンジ　あの麦畑は肥料をやらなくても大変よく麦が実ります。
川村　稲妻のせいだったのすか。

稲妻の音（シンバル）。ケンジ「ホーッ」と言って飛び上がる。生徒たちも「ホーッ」と言って飛び上がる。稲妻小僧出てくる。ケンジ目を閉じる。

ケンジ　見えっか？　見えっか？　稲妻小僧見えっか？

一同　見えっぞ。見えっぞ。稲妻小僧見えっぞ。

ケンジ　これがお化けです。科学的現象の余韻。残り香。脳の中の饅頭の皮。これがお化けです。

稲妻小僧が雷神様になって踊り狂う。林の間に黒いお化けたちが漂う。靄(もや)のお化けのようだ。倒れていた川村起きあがって。

川村　オキレ様だ。

一同　オキレ様だ。

川村　オキレ様が顔を剃ってすっきりなさった。ばけものわらびもこんなにでかくなったぞ。

と、ばけものわらびをとろうとすると突然貝殻のコートを着て水たばこを手にしたばけもの紳士現る。

紳士　俺様のものに手を出すんではない。

川村　あなたは？
紳士　やっと目を覚ましたな。小僧、俺の仕事を手伝え。
川村　おじさん、もう飢饉は過ぎたの？　手伝うって何を手伝うの？
紳士　昆布採りさ。
川村　ここで昆布が採れるの？
紳士　採れるさ。

と、樵の役を途中で変わっていた斎藤と若い清六、見えない網と釣り糸で林の間から昆布を吊っている。黒いお化けが昆布になって釣られている。

紳士　この仕事を手伝えば一日に一ドル。そうでもしなければお前は食えまいよ。
川村　分かったよ。でもどうして昆布を採るの？
紳士　教えてやるよ。

と、ポケットから小さく畳んだ小さな蝙蝠傘の骨のようなものを出す。

紳士　こいつを伸ばすと、子供の使う梯子(はしご)になるのさ。
　と、それを伸ばすと、絹糸のようなファファした高い梯子になる。

紳士　これをあの栗の木に掛けるんだ。ああいう具合にね。
　斎藤と清六、パントマイムで高い栗の木の上で昆布を採っている。

紳士　さあ、今度はお前が登って行くんだ。
　川村、登って行く。細い梯子の糸が針金のように食い込んで痛い。昆布が舞っているがなかなか捕まらない。川村、天高く見えない梯子を登って上がって行く。

川村　あああ。ぐらぐらする。そして栗の木の頂上はなんて寒いんだ。

紳士　そら網があったろう。そいつを空に投げるんだよ。手がぐらぐら言うだろう？

川村　そいつは風の中のフカやサメが突き当たってるんだ。おや、お前はふるえているね。意気地なしだなあ。投げるんだよ。投げるんだよ。そら、投げるんだよ。

川村　フカやサメ？　……ああ、耳がキンキンする。おじさん、僕を降ろして下さい。耐えられません。

紳士　駄目だ駄目だ。昆布を一抱え採るまでは、けっして降りてはならん。

川村　オキレ様もお怒りになって黒い顔になられた。ああ、ますます寒くなってきた。ああ、耳にキリを押し込まれているようだ。寒い、寒いよ。あ、あれは。

マミミが空を踊っている。

川村　マミミだ。マミミだ。僕の妹だ。さらわれた妹が踊っている。誰か、僕をここから降ろしてくれ。

木の樹霊たち集まって来て栗の木とも力を合わせ、川村を降ろしてやる。

川村　ありがとう。ありがとう。栗の木、柏の木、楢、ブナ。樺。

川村、マミミと抱き合おうとしたその瞬間、紳士が立ちはだかる。

紳士 こいつはまだまだサーカスで働ける。いつの間に逃げだしたんだ。さあ、ガラスの檻に閉じ込めろ。

黒いおばけたちマミミを閉じ込めようとする。

マミミ あんちゃん。助けて……。

川村 何をするんだ。マミミ。マミミ。

ケンジ マミミ。マミミ。せっかく会えたと思ったのに、だけど、僕はあきらめないぞ。絶対にまた妹を見付けるぞ。海の底のような天空で、見えない網で昆布を採る。絹の糸のような梯子をいつはずされるか分からないような状態で、みんな食うための仕事をしなくちゃいけないんだ。ああ、本当に辛い。辛い人生だなあ……。

川村 先生……。

ケンジ あ、ごめんごめん。酵母黄昏。

生徒一同宮澤賢治が作詞・作曲した「酵母黄昏（こうぼたそがれ）」を歌う。この歌の中、ケンジの妹シゲが現われ、少年の清六も登場して、現実の初老の清六は回想シーンを見る側に移っていく。シゲは清六の姉でトシの妹である。
と、女の百姓マツ、タケ、ウメ、桐が走って来て怒る。

マツ　そったな畑のこやしにもならないことやってねで早く家さ帰って手伝え！

川村　あ、母ちゃん。

マツ　先生、卒業したら百姓やる息子がなしてこだなごとさんなねんだ。こったな河原乞食のまねごとして何の役に立つんだ。

と、校長がその後ろからやってくる。これも歌の間に着替えた信夫である。

校長　安心して下さい。マツさん。もう明日から学校で演劇をやることはありません。

一同　ええ……。

ケンジ　校長、それはどういうことですか？

校長　さっき文部省の岡田良平大臣から「学校劇禁止令」が出ました。
ケンジ　どうしてですか？　劇をやるのがどうしていけないのですか？
校長　子供たちが考えて想像することを恐れているんだろう。富国強兵のこの時に風刺や批判の精神が培われてしまっては、各々の個性を消して、お国のために身を粉にして働く若者たちがいなくなってしまう。と、こう考えたんですね。大臣は。
ケンジ　楽しく面白く農業をやりたいんだがなあ……。
タケ　自然は魔物だ。私ら人間は芥子粒みだいなもんだ。こっちの思っていることなんか何も構わねでよ。毎日雨ばっかり降らしてみたり、何カ月も日照りになってみたり。オラだは何にも悪いことしてないのによ。オラだは本当に働いて働いて虫けらみたいに死んでいくばっかりだ。
桐　オラのせがれと嫁は飢饉の年に納めるものば納めらんなくて、宮澤家の墓の前で鎌で首切って死んだ。夫婦で心中したんだよ。宮澤家のおかげで心中さんながったのは、一組や二組ではねえ。オラ、一生忘れねぞ。
三人　ばんちゃ。
ウメ　男は良いよな。学校で勉強なのして休めっからよ。一遍で良いがら、暖かな日だまりの中でよ、昼寝でもしてみっだいな、春先にでもよ。

川村　ウメちゃん。

ウメ　オメは農業高校ば受けに行った県会議員の息子の鈴木君にたのまって、付き添いでついていってよ。廊下でぼーっと立ってだどころさ宮澤先生から「君も試験を受けてみませんか？」て声かけられて受けたんだべ？

川村　……。

マツ　うちは貧乏で子供の数も多いがら、誰も学校なの入れられないんだ。それを先生が頭こ下げでわたすさ頼むがら。議員様も来て頭こ下げるがら、畑仕事もちゃんとする約束で泣く泣くがっこさやったのによ。

川村　オラ、ちゃんと朝暗いうちから働いてるぞ。オラ、勉強すっだい。オラ、先生に感謝してる。あの時、願書も出していねし、試験勉強もしてねがったオラば試験受けさせてくれるなんてよ、心臓ドキドキしたけんども、いがったよ。

斎藤　勉強してねがったて言っても二十二番で合格したんだ。優秀なのに家庭環境のせいで教育が受けられないのは不公平だもな。

マツ　こっだなもの勉強でねえべ。

斎藤　おばさん。演劇も勉強なんです。僕らは遊んでいるのではありませんよ。

タケ　こったなことは暇な人間がやることだ。ケンジさんは子供の頃から何の苦労もしないで、ただ遊んでいたって飢え死にすることもない。んだがらオラたちの苦労なのわかるはずがねえ。オラたちは生れた時から決まってるんだよ。勉強したって変わるもんじゃねえ。

ケンジ 農業は面白いものです。農業が人間本来の仕事なんです。豊かな心で胸を張ってやっていきましょう。

ウメ 変わり者からいわっても説得力ないな。

マツ 花巻の冬は寒くてよ、卵の黄身が凍るほどだ。そっだな夜に薄着にマント着て、大っきな声で御経ば叫んで歩いてるような男の言うこととまともに聞ぐ人は聞ぐ人も変わりもんだ。

と、三人大声で笑う。

生徒たち、我慢して耐えている。

そして川村を見る。

川村 先生、もうしわけないっす。オラ恥ずかしいです。

ケンジ 恥ずかしがることはないよ。おばさんたちは少しも悪くない。思っていることを正直に話すことは悪いことではありません。みんなえらいです。

一同　おばさんたちは、えらいです。

川村　ええ？

一同　ばかで、めちゃくちゃで、てんでなっていなくて、頭のつぶれたようなやつが、いちばんえらいんです。

ケンジ　おいおい。

少年時代の清六とシゲ大笑いしている。

シゲ　あんちゃん、雲。

清六　空も青いな。

シゲ　青ぞら[※3]のはてのはて。
水素さへあまりに稀薄な気圏の上に
「わたくしは世界一切である
世界は移ろふ青い夢の影である」
などこのやうなことすらも

あまりに重くて考へられぬ
永久で透明な生物の群れが棲む

生徒たち（ふくろうたち）、楽器の演奏を始める。途中で動物たちに変身する。
と、うさぎが一匹、走ってくる。「貝の火」のホモイである。
その後からひばりの親子が追いかけてくる。

ホモイ　♪助けて！　助けて！　殺されるぅう。（と歌う）
ここから音楽劇となり、以後の台詞は旋律のついた歌になる。

ケンジ　どうしました？　うさぎさん。
ホモイ　♪よい子の皆、こんにちは。ボク、うさぎのホモイ。君たちは、貝の火ってお話、知ってるかな？　宮澤賢治さんが書いた童話なんだ。貝の火っていうのはね、これぐらいの玉でね、人間が持つとトチの実くらい、僕らうさぎは小さいからこれぐらいかな？　この玉は立派な人が持つことになってるんだ。僕は昨日川でおぼれかけたひばりの子を助けたものだからその玉を持たされそうになっているんだ。え？　どうして逃げるのかって？　その玉はね、毎日、毎日、良い子でいないと濁ってしまって、爆発してしまうんだ。人はみんな、尊敬されたり、敬われたりすると傲慢になるだろう。貝の火のホモイはね、傲慢になってしまって、とうとう玉が爆発し、その破片が両目にささって目が見えなくなってしまうんだよ。残酷な話だろ。皆、そんな貝の火を持たされたら、どうする？　助けて！　助けて！　殺されるぅう。

ホモイ、逃げ惑っている。ひばりしつこく追いかけている。

ケンジ　ひばりさんひばりさん。一体どうしたんです？

ひばりの母も登場して歌。

ひばりの母　♪私どもはこれをホモイさんに差し上げたいだけなんです。

と、玉の中に赤い火が燃える赤い美しい玉を差し出す。

ホモイ　♪いりません。持って帰って下さい。

ひばりの母　♪うさぎのホモイさんは川で溺れた私の息子を命がけで助けて下さいました。そこで私どもの世界の王様がぜひともホモイ様にお納め下さいと申します。

ケンジ　きれいな玉だなあ……。

ホモイ　♪絶対にいりません。

ひばり　♪これをホモイさんが受け取ってくれないと、おいらたち親子は切腹しなくちゃならないんです。

これ以後は普通にもどる。

とそこに太ったうさぎのおじさんが現れる。信夫である。

そしてホモイの手をひっぱる。

信夫　逃げよう。

ホモイ　あ、お父さん。

信夫　逃げるしかないよ。ケンジさん早く逃げよう。

ケンジ　ええ？　信夫さんでしょ？　樺太から僕を花巻に連れ戻したのは信夫さんだったでしょ？

信夫　なに言ってるんですか。僕はうさぎですよ。誰だってうさぎにはついて行かなくちゃならないんです。そうすれば間違いありません。いつだってどこでだってうさぎが運命を担ってるんです。

ケンジ　どこに逃げるんですか？

信夫　岩手山です。

ケンジ　でもどうして逃げるんです？

信夫　あの玉を貰いたくないからに決まってるじゃないですか。

ケンジ　でもあの玉を受け取らないとあのひばりの親子は切腹しなければならないんですよ。

信夫　あのひばりの親子とうちの子とどっちが大事ですか？

ケンジ　どっちも大事です。

信夫　ケンジさん、どっちもってのは無理です。誰か一人を選ばなくてはならないんです。どちらか一つしか選べません。選ばれなかった者が死ぬのです。

ケンジ 信夫さん、その玉はあんなにきれいに燃えてますよ。

信夫 今はね。今見た限りにおいてはそりゃあ、きれいです。だけど、毎日手入れしないとね。毎日磨いていないとすぐに濁ってしまうんです。この世に永遠に美しいものなんてありますか？ 私だって、恋していた時はこんな美人この世にいるのかな？ って思いましたけど、三年も経ってくると顔自体が顔に見えなくなってくる。もう毎日なんて磨いてやるもんか！ って気になってくるもんなんですよ。あれ？ 変なたとえになってきたな。とにかく、あの玉は天使の顔をした悪魔。（頭を抱えて）上半身が女で下半身は男。びっくりです。あれ？ また変なたとえしちゃったな。

ケンジ でもひばりさんが泣いてますよ。

信夫 （また歌う）♪うちの子はひばりの命を助けたってのに、なんでこんな目にあわなくてはいけないの。（もどり）この世でこの玉を一生持ち続けられたのは鳥で二人。魚で一人しかいないんですよ。そんな不吉な玉をですよ、一般市民のうちの子が持ち続けられると思っているんですか？ 気違い沙汰ですよ。

と、ひばりから逃げながらケンジに喋っている。
逃げ回っていたホモイはくたくたになって倒れている。ひばり、その手に玉を持たせる。

信夫　ああ！

ひばりの親子ホッと安心する。

ホモイ　♪父ちゃん、どうしよう。僕の人生はもう濁った灰色だ。神様。あの時僕はひばりを助けなかった方が良かったんでしょうか？

ケンジ　……。

と、ミュージカルの歌の間奏のような曲調の中、信夫台詞を喋る。

信夫　今度の総理大臣は盛岡出身の原敬だな。もしかすると、オラたち小作人を貧乏から救ってくれるかも知れないと思っていたけどな……。布団もなくて藁かぶって寝てるみたいな農民を助けてくれるかもしれないって思ったが、結局地主と手を組んでしまったな。高い税金を払ってる地主たちしか選挙権はない。成人男子による選挙が提案されたのに、なんと盛岡生れの原敬がそれを阻止してしまったんだもなあ。立派な人だとみんなに慕われてた原さんがよ。そんなもんなんだよ世の中は、結局金がものいう世界なんだなあ。

ひばりの母　結局、それで暗殺されたのよ。

曲が劇的に終わる。

ホモイ震える。

ホモイ　そうだ。これ、ケンジさんにあげる。ケンジさんなら平気だよね？

と、ホモイ、ケンジに玉を押し付ける。

玉を持って突っ立っているケンジ。

ケンジ　……。

信夫　そうか……うちの子とひばりの両方助ける方法……この子がこれから犯してしまう罪の肩代わりをケンジさんがしてくれるんだなあ……ありがたいなあ……。

と、一同泣く。と、どこかからきつねが出てくる。

きつね　さあ、出かけようか。

ケンジ　どこに？

きつね　もぐらを殺しにさ。

信夫　あ、駄目です駄目です。やっぱり岩手山に逃げましょう。あ、駄目だ岩手山は消えちまってたんだ。やっぱり探しに行きましょう岩手山。

と、また一同トランクの中に消えていく。残るケンジときつね。夕日の強いオレンジの光。辺りは半地下の図書館の一室になっていて高窓から夕陽が差し込んでいた。本棚から一冊の本を取り出して読みふけっている男、保阪嘉内(かない)である。さきほどのきつねが変化したようだ。ケンジはさっきの玉を持ったままである。

ケンジ　君は……。

保阪振り返る。

ケンジ　……保阪君。すまん、待たせてしまったね……やっと会えた……。

保阪　君の人生は苦しいだろうね。

ケンジ　え？

保阪　君は、生きとし生けるものの平和と幸福を実現するために生きるのだと言ったね。ということは、そうではない時間を生きる度に君の体は地獄の炎に焼かれるに違いないからさ。

ケンジ　君だって、そう誓ったじゃないか。覚えているだろう？　二人で岩手山にと。輝く霧山岳※4の柏原、いただきの白い空にわき散った火花。柏原の夜の中で松明が消えてしまい、君と二人でかわるがわる、一生懸命におきを吹いた。銀河が南の雲の切れ間からちょっと見え、沼森は微光の底に眠っている。松明のおきは小さな赤子の手のひらか夜の赤い華のように光り、遠くから提灯がやってきた。夜が明けた時、黄色の真空の冷たい空にはオオトカゲの雲、中生代の灰色の動物が沢山浮かんでた……。
あの時、銀河の下で、小さな赤子の手に互いの頬を染めながら、新しき村を作ろうと。自給自足で働き、開墾し、金などは何の価値もない村を、自分自身の体を使って働いた者だけが価値のある村を。病気で倒れた家や、軍隊に長男を取られた家があれば、元気な者が手伝いに行く。それぞれの暮らしを共同で支え合いながら、歌を歌い、物語を作り、科学し、星を数える。そんな、ユートピアをいつか作るために勉強し、農業をやろうと誓い合ったじゃないか。

保阪　ああ……。

ケンジ　そして、そんな夢が現実になることを僕に教えてくれたのは君だった。一緒にやっていくんだよね？　君と僕とは一緒に……。

保阪　一緒には駄目さ。僕は家に戻らなくてはならない。僕は、日に焼けた、頬の赤い丈夫な妻を貰う。ホラ、ゴーギャンが描いたような黒髪の陽気な女さ。子供を作り、田畑を耕し、巨大な精密画をこの地上に描いていくさ。この手にタコやマメの出来ない友は作らないと決めた。

ケンジ　どんな宗教にも共通しているものは「愛」だとトルストイは言った。仏教で言えば「慈悲の心」と言えるだろう。でも怖いのは性欲を「愛」と錯覚してしまうことだ。「愛」がなくても欲望の火は燃える。つまり性欲を伴う愛情なんて奴は嘘っぱちだということだ。美しく正当なのは精神的な愛情だけなんだ。そして、そんな愛情を女に持つことはできまいと僕は思うよ。

保阪　愛情を感じる前に、先に欲情してしまうからという訳か。

ケンジ　……トルストイも禁欲を説いている。

保阪　トルストイは十三人も子供を作ったんだ。愛し愛されることが尊いことだと、子孫を残していくことが尊いことだと言っているのだと思うよ。

ケンジ　子供を作るのも、作品を残すのもエネルギーは同じだよ。僕は子供を作る代わりに物語を紡いでくよ。永遠に年を取らない子供を育てていく。

保阪　……それもまた苦しいな。君はいつも苦しい方を選んでいくな。永遠に年を取らない子供を育てるためには永遠にそれを磨いて濁らないようにしなくてはいかんだろ？　毎日毎日花を枯らさないように水をやり続けなくてはならないね。

遠くから、村祭りの人たちが「鬼剣舞」を踊りながらゆっくりとやってくる。アセチレンの光が漂う。保阪「祭りの夜」に消えていく。

ケンジ　そうなんだ。それが僕の仕事なんだ。土を痩せさせないように、水を枯らさないように、毎日花を育てていくのが僕の仕事なんだよ。

と、ケンジ、持っていた玉を見つめる。人々の踊りの隅っこで小さくなって震えている人物がある。人々気が付かずに踊っている。

ケンジ　君は……。

とそこに「どんぐりと山猫」の馬車別当の格好をした信夫がやってきて。

別当　こんなところにいやがった！

と、震えている男を乱暴に捕まえる。泣いている男。

ケンジ　君、君、乱暴はよしたまえ。

別当　なあに、この男には何ともないですよ。つるはしで削ったって、爪楊枝でつっついたより楽なもんです。

ケンジ　この人は誰なんです？

別当　岩手山ですよ。

ケンジ　ええ？

別当　やっと見付けた。すぐに裁判です。一郎さん、ここでこの男の番をして下さいよ。すぐに戻って来ますから。

ケンジ　どこに行くんですか？

別当　山猫様を呼んでくるんですよ。さ、この縄を摑んで。

と、別当、岩手山をぐるぐる巻きにしたロープの端をケンジに持たせる。

ケンジ、大いに弱る。二人、しばし恥ずかしそうに黙って座っている。祭りの音楽が鳴っている。

ケンジ　どうして消えたんです？

岩手山　……。

ケンジ　あなたが消えたから、僕はここが岩手県だと気が付かなかった。
岩手山　あんただってさっきまで東京上野の図書館にいたろ？
ケンジ　……。
岩手山　おいらだって好きにしていいはずだ。人間は時間を超えて縦横無尽に居場所を変えるだろ？　山や林に意識があるなら、過去も未来も自由に行き来できても良い。いつまでも人に夢見られてるだけの故郷の典型ではいたくないのさ。
ケンジ　行きたいところがあるのかい？
岩手山　ああ。
ケンジ　どこだい？
岩手山　海さ。
ケンジ　え？
岩手山　昔はここらも海だったに違いないけどよ。オイラが今の形になる前はオイラも海の底の底の方であかんぼみたいに眠っていたんだ。空からおっこった星たちがオイラの足元を照らしてくれていた。おっきなおっかさんに抱っこされてよ、オイラ夢見てたんだな。オイラもう一度海の底でぐっすり眠ってよ、生まれ変わろうと思ったのさ。

ケンジ　何に生まれ変わりたいのさ？

岩手山　高い土手のおっきな杉の林だ。高い波が来ても倒れない強い強い杉の木になりたいよ。海と人との間でよ、しっかり人を支えてやりたいんだよ。昔からオイラに登った人間は数え切れない。随分優しくしてくれた人間も大勢いる。なのによ。オイラ助けてやれなかった。ただ地面の真ん中で威張ってあぐらかいてただけなんだ。

ケンジ　今でも随分役に立ってるのに、まだまだ足りないというんだね？

岩手山　お前だって見ただろう？　青くなって木の根みたいに折り重なって打ち上げられた人の形をしているものや、していないものたちを……。オイラは何千年もそれが繰り返されるのを見てきたんだよ。高いところからいつもね。もう嫌なんだよ。まだお前がいた頃は我慢ができた。お前の悲しみがオイラにも響いたからな。お前が来なくなったら、急に寂しくなっちまったのさ。

ケンジ　僕のせいなのかい？

岩手山　……。

別当やってくる。

黒いマントをはおり、黒い帽子をかぶった人物が一緒にやってくる。

別当　山猫様だ。
黒い人物　どうも……。
別当　死刑にしますか？
黒い人物　そうするか。
ケンジ　ちょっと待って下さい。裁判するんですよね？
別当　山猫様。
黒い人物　する。する。ええとこの男、罪は……。
別当　逃亡罪です。この男のせいで平らになってしまいました。
黒い人物　平らなのはいいことだよ。極楽というのは平らな場所だからな。
ケンジ　……。
別当　ではどうします？
黒い人物　海に捨ててしまいましょう。
別当　岩手山を海に捨てますか。ではそうしましょう。
ケンジ　待って下さい。弁護士はいませんか？
岩手山　ちょうどいいよ。私を海に捨てて下さい。

ケンジ　駄目だよ君、溺れてしまうよ。山は泳げるはずがないんだからね。
岩手山　ええ？
ケンジ　溺れて死んでしまうよ。僕は君が好きなんだ、死なれたら困るよ。
別当　では陪審員の皆さん。

と、さきほどから芝居を見ていたシゲと少年の清六と農民たち出てくる。

別当　あんたら、どう思う？
シゲ　どうって？
別当　海に捨てるのか？　死刑にするのか？
清六　岩手山には山男が大勢棲んでます。岩手山を海に捨てると、山男も死んでしまいませんか？
シゲ　岩手山を死刑にするということは、山に棲む、鳥や獣や花々まで殺すことになりませんか？

きつね出てくる。

きつね　裁判長。おととい、ヒグマが里まで下りて来て隣村の五作と女房の種を嚙み殺したのは、こいつの差し金ですぜ。先月まで発生した毒蛾の大群も、去年のイナゴの異常発生も、陸稲が茶色くなって立ち枯れたのも、地面が腐って酸性に傾き、思うように農作物が獲れなくなってしまったのも、みんなみんなこいつの差し金です。

一同　おお……。

きつね　寒い冬も。日照り続きの夏も。降り過ぎて氾濫する川も、みんなみんなこいつが空の雲と結託して犯した罪なんです。

一同　おお……。

黒い人物　んんん。それが本当なら許し難い罪じゃ。

別当　こら雲も捕えなくてはなりませんな。

黒い人物　おい。誰か雲を捕まえてこい。それまで岩手山を見張っていなさい。

きつね、ガラスの檻を運んでくる。

きつね　こいつに入れるんだ。

きつねに指示された村人たちはガラスの檻に岩手山を閉じ込めてしまう。

シゲ　あんちゃん、岩手山どうなるの？
ケンジ　きっと助けるから、今だけは我慢してくれ。
きつね　岩手山が消えて平らになったところはみんなで開墾して田んぼにしてしまえ。
一同　おお。
きつね　ガラスの檻に閉じ込めたこいつは五穀豊穣の竜神様の生贄にするのだ。村人よ、岩手山の動物たちも生け捕りにしてこの中に入れてしまえ。しばらくの間ガラスの箱は動物園になる。子供たちによおく見せるんだ。山の動物がどんなふうにして鳴くのか。どんな風にして死んでいくのか？　よおく見て貰うんだ。俺様は、ホモイ様の第一の家来として、小さいのから一匹づつ取り出して味見させてもらうことにする。

と、風が吹く。黒マントの人物のマントが大きく揺れる。無理やりガラスに閉じ込められた鳥や小動物たち悲鳴を上げる。風の中、黒マントの人物とケンジだけが残る。黒マントの人物がマントを脱ぐと白いブラウスに紺のスーツ姿の教師、藤原ヤスであった。襟元に臙脂(えんじ)のリボン。(または着物に袴)

ケンジ ヤスさん……。

ヤス 海だべがど　おら　思たれば[※5]
やっぱり光る山だだぢゃい
ホウ
髪毛　風吹けば
鹿踊りだぢゃい

ケンジ ……。

ヤス こうしてお会いできるのも、今日が最後です。いつもこうして兄のマントで変装して、人目をしのんで逢わなければならなかった。私は一体あなたの何だったんでしょうね。

ケンジ ……ほんとうに俺は泣きたいぞ。一体何を悲しんでいるのか。それがわからないからつらいのだ……。

ヤス咳き込む。シゲと清六駆け付ける。

シゲ　清六、布団しけ。

清六　わがった。あんちゃん、あねちゃん頼む。

と、清六、ケンジにヤスを抱えさせる。

ケンジ　ええ？

清六、布団を持ってきてヤスを横にさせる。ヤスはトシに変わっている。

清六とシゲ、トシの枕元に座る。

ケンジ　トシ子、トシ子なのか……。

きつね（猫）がどこかでまた本のページから生れた星を食べていた。

トシ　あんちゃん、顔色悪いよ。
ケンジ　ええ？
シゲ　出来あがたのが？　本……。
トシ　ごめんな。清書してあげられねくて。
ケンジ　いやいや。あともうちょっとでできるがら。出来あがたら、読んできかせっぞ。
トシ　徹夜徹夜で頭がくたびってんだべ？　オラがあんちゃんの脳みそ洗ってやっか？
ケンジ　お。頼む。
シゲ　明神様の湧水で脳みそを良く冷やして、洗ってあげるね。
ケンジ　うんうん頼むよ。
シゲ　まず、[※6]頭の錠を静かにはずします。そして手際よく頭蓋骨の蓋を開け、透き通った硝子の入れ物に脳を移して湧水に浸します。脳にくっついた何かもやもやしたものが、すうすうと流れていって熱っぽかった脳が硝子の中で冷えていきます。
トシ　ついでに頭の椀こも洗えばいい。

と、笑う。

シゲ　それでは頭の椀こも洗います。きれいになった脳みそをまた大事に椀こに入れて蓋をして、皮をかぶせてスーッと撫でて取りつけて。それ、気持ちが良くなったでしょう？

ケンジ　ああ、スーッとした。晴れ晴れとした。脳みそ洗って貰って良かったなあ……。

と、三人、大笑いする。

トシ　ああ、また林さ行きたいな……あんちゃん、連れてって。

ケンジ　おお。トシ子も脳みそ使って、オラさついて来。

トシ　うん。

ケンジ　風っこ吹いて来たぞ。聴こえっか？

トシ　うん。

ケンジ　行ぐぞ。

トシ　うん。

トシ、布団から起き上がり、脳みそを使って林の中に行く。

ケンジが先に立ってトシを林の中に誘導する。幻想の松の木が現れる。

ケンジ　トシ子、この木の幹さ耳付けてみろ。
トシ　うん。
ケンジ　何聴こえる？
トシ　……声聴こえる。
ケンジ　何てゆてる？
トシ　……笑ってるみたいだな。
ケンジ　嬉しいからだべ。トシ子が好きなんだべ。
トシ　いいや。ケンジが好きだて言ってる。これは女の木だな。ケンジと結婚するって言ってるな。
ケンジ　ホントか？
トシ　んだらあんちゃん聴いてみろ。

ケンジ、耳をくっつける。

ケンジ　ホントだ。松の木よ。オラはお前とは一緒になれないぞ。お前は毎年、毎年、こんなに赤子いっぱい育ててるんだ。オラはもっと若い娘と一緒になるぞ。

トシ大笑いする。

トシ　ああ、良い気持ちだな……。ああ。走りたいな。
ケンジ　走れ。走れ。トシ子。脳みそ使うんだ。
トシ　んだねえ。オラ、走る。走るよ。ああ、苔が絨毯みてえで気持ち良いな。はだしが一番だな、あんちゃん。
ケンジ　この林のおっきな木もちちゃこい木もみんなそれぞれがそれぞれをかばいながら、誰がえらいともなく栄養を分け合って暮らしてる。死んだものは生れて来るものの栄養になる。みんな何にも言わずに黙っているげんど、林の中に棲むものはちゃんと分かてんだ。死んでいくものも生れて来るものも、みんな大事だ。そんな大事なものの上にオラだは乗ってんだ。
トシ　生まれ変わるっていうのはそういうことか？　オラが死ねば、誰かの栄養になるんだべが？

ケンジ　……トシ子にこの林やっぞ。オラが毎日手入れしたこの林ばよ。この林はトシ子のものだ。全部トシ子のおっきな部屋だからな。
トシ　林は誰のものでもないぞ。んでもまあ、ひとまずオラのものにしてやっか。あんちゃんの顔ば立ててよ。
ケンジ　ばが。
トシ　時々あんちゃんにも使わせてやるよ。
ケンジ　ありがとう。おらが毎日掃除して整えておくからな。いつでも真ん中さでーんとしてろよ。
トシ　うん。あったけえな。日の光があったけえ。松の木も優しいな。

と、トシ、床に入る。ケンジ一人林の中を走っている。

ケンジ　トシ。トシ子……どごだ、トシ子。オラたちはずっと一緒だからな。ずっとな。
トシ　こんど生れて来る時は、こだい自分のことばかりで苦しまないように生れてくる。みんなの役に立てる体で生れてくっぞ。
ケンジ　トシ子……。

トシ　おらあ、あど死んでもいいはんて、あの林の中さいぐだい。うごいで熱は高ぐなっても、あの林の中でだらほんとに死んでもいいはんて。

トシ子床の中でうなされている。

林の中に黒いマントを着たヤス現れる。

ケンジ　トシ子かい？　……ヤスさん。

ヤス　私、アメリカに行くことになりました。

ケンジ　アメリカ……。

ヤス　もう二度とお会いできませんわ。

ケンジ　そんなこと……。

ヤス　分かるんです。私。もう駄目なんです。私。

ケンジ　オラと一緒にいつまでも歩いて行く人はいないのか……オラが大事だと思う人はみんなオラの前からいなくなる。

ヤス　あなたはいつも何か遠いところを見ていて、実際の私をいつもおいてけぼりにしてしまいます。私がやっとあなたの言ったことに応えようとすると、あなたはもう別なことを考えている。あなたの感覚、あなたの細胞を一緒に生きられるのはトシさんしかいない。ケンジさん。あなたはあなたが思っている以上に強い方です。だからみんなに優しいんです。

ケンジ　弱いよ。オラは弱い……。強くなりてえよ……。

ケンジは気が付くと一人になっている。
ヤスを探すがいない。そしてトシを探すがいない。

ケンジ　トシ。トシ……。

登場人物たち、「松の針」を語る。
最初はおさえた小声で、その声は徐々にハッキリしてくる。

動物たち　さつきのみぞれをとってきた
あのきれいな松のえだだよ
おお　おまへはまるでとびつくやうに

そのみどりの葉にあつい頬をあてる
そんな植物性の青い針のなかに
はげしく頬を刺させることは
むさぼるやうにさへすることは
どんなにわたくしたちをおどろかすことか
そんなにまでもおまへは林へ行きたかつたのだ
おまへがあんなにねつに燃され
あせや1いたみでもだえてゐるとき
わたくしは日のてるとこでたのしくはたらいたり
ほかのひとのことをかんがへながら森をあるいてゐた

天空のトシ　《ああいい　さつぱりした
まるで林のながさ来たよだ》

ケンジ　鳥のやうに栗鼠（りす）のやうに
おまへは林をしたつてゐた
どんなにわたくしがうらやましかつたらう
ああけふのうちにとほくへさらうとするいもうとよ

ほんたうにおまへはひとりでいかうとするか
わたくしにいつしよに行けとたのんでくれ
泣いてわたくしにさう言つてくれ
　おまへの頬の　けれども
なんといふけふのうつくしさよ
わたくしは緑のかやのうへにも
この新鮮な松のえだをおかう
いまに雫もおちるだらうし
そら
さはやかな
terpentine（ターペンティン）の匂もするだらう

　いつの間にか宮澤家の居間になっている。
　父の政次郎。母親イチ。大人の清六がいる。
　雷。稲妻。激しい雨音。

政次郎　パ、パ、パラグアイ？

清六　アメリカだ。南米のパラグアイだべよ。

ケンジ　広大な土地に新しい農場を作り、試験場も建てて、学校も作る。そこで暮らす人たちはみんな共同で農場を経営する。仕事が終わったら、音楽や演劇、舞踊もやる。オラはそこで新しい色々な農作物を開発して世界各国に輸出するんだ。

清六　イーハトーボを南米に作るのが？　オラてっきりここらあだりさ作るんだど思ってたんだけと。

政次郎　お前は長男なんだ、働き者の嫁ば貰って、この店を継がなくちゃならん。

ケンジ　オラ、一生嫁なの貰わね。オラ体が弱いから嫁貰うエネルギーがあったら勉強するがら。限りある自分のエネルギーを生殖行動に使うのはもったいないもな。

政次郎　ばが。新大陸アメリカに渡って共同体を作ったキリスト教のシェーカー教ば見てみろ！　平和主義、精神主義に加えてみんな独身主義だったから五十年も経ったら、そのまんまみんな年取っては、今はもう誰もいねぐなってしまったでねえが。どんな立派な宗教でも子供作らなければ滅んでしまうのだぞ。

清六、思わず笑ってしまう。

政次郎　笑いごどではねえ大事なごどだ。

清六　とうちゃん。あんちゃんは質屋には不向きだ。オラが跡をつぐかと思う。

政次郎　おめは数学者になる勉強しったでねえが。おめこそ質屋にはむかねべ。

清六　オラ、あんちゃんの作るものが大好きなんだ。詩も歌も物語も。オラが今まで読んだもので自分さこっだいしっくりくるものは他にねえ。あんちゃんが書いだものば誰よりも早く読ませて貰ったり、あんちゃんに読んで聞かせて貰ったり。オラこんたに幸せなことはないと思う。オラが父ちゃんの跡ばつぐよ。ほして、あんちゃんの書いたものを読ませて貰うよ。

政次郎　ゴッホの弟テオみたいなこと考えてたらわがんねぞ。あの兄弟は梅毒で死んだんだがらな。ゴッホの絵は生前一枚も売れなかったんだがらな。

清六　売れる売れないではねえ。あんちゃんの物語ばみんなに読んでもらいてえばっかりだ。

政次郎　物書きどが、音楽家どが画家どが、あったなものは人間がする仕事とはいえない。形がはっきりしないものは仕事にはならねのだ。そったらことは雲を摑むような商売だもな。そういう人さまさ迷惑かけるようなことで金貰うなの考えねえ方がえぇ。

ケンジ　それを言いたいのはこっちだ。こったな店は早く畳んで、コツコツ自分の手で物を作るような、みんなに感謝されるような仕事をしたほうがいい。

政次郎　オラはコツコツコツコツやってきて、店をここまでにしたはんで。お前に何にも言われる筋合いではない。お前は一体何がすっだいんだ。何になりたいんだ？　詩人か？　小説家か？　作曲家か？　画家か？　科学者か？　人間は一つの道をまっすぐにやるもんだ。お前の心にいっつも迷いがあるからいっつも中途半端なごとしかできねえのだ。

ケンジ　……。

怒りと悲しみに震えていて何も言えない。

清六　父ちゃん。あの高村光太郎ば見てみろ。彫刻家で詩人で翻訳家で評論家で教育者で、書家でねえが。ほして全部の仕事に秀でてなさる。そしてみんなに尊敬されてる。日本人はひとつのことだけ一生懸命やる人が昔から尊敬されるが、あんちゃんみたいに、全部が体の細胞にしみ込んでるみたいな人もいるんだ。あんちゃんの頭は全部でひとつになってるんだから。

ケンジ、清六を隅に引っ張って行く。

ケンジ　清六、もう良いんだよ。……本当は父ちゃんの言ってることも分かるんだ。んでも我慢ならねんだ。この家さいると胃が痛くなる。みんなのことが余りにも分かり過ぎて、胃が痛くなる。重たくて重たくて仕様がない。清六、これから世の中はどんどん変わっていく。誰がえらいとか、地位が高いとかでは動かされない世の中だ。ひとりひとりの本当の能力が評価されて、家とか出身とかは関係なくなる。父ちゃんの考えかたは根っこから古いんだ、これはもうどうしようもない。オラ、高村光太郎に会いに行こうと思ってる。

清六　ええ？

ケンジ　あの人はオラの詩を面白いと言ってくれたそうだ。あの人の奥さんはオラの「注文の多い料理店」をお客様に朗読してくれたそうだ。あの人は白樺派の人道主義にも通じているし、オラが考えてること、きっと分かってくれるがら、オラ、会って、出版のこととか相談してみっかと思ってる。

政次郎　何こそこそしったんだ。

ケンジ　貧しい家に生れた者は貧しいままに死に、名士の家に生まれた者は女中や下男を使って殿様みたいに生きて死ぬ。一回だけの人生だというならこれはあんまり不公平だ。人は何のために生れて、何のために生きるんだ。一生懸命生きても天災があれば、あっけなく死んじまう。自分の人生がこれで良かったのか？　悪かったのか？　なんて思う間にあっけなく死んでしまう。みんな幸せになる権利があるはずだ。どんな人間にも楽しく生きる価値があるはずだ。

政次郎　半人前のお前が何を言うか。悔しかったら金をここに持ってこい。そしてその金を困っている全部の人に配ってみろ。自分が食えないのに人の事をとやかく言う資格はない。誰も助けられないのに理屈ばっかり言ってる奴がいちばん愚劣なんだよ。

ケンジ　……。

政次郎　夢でままが食べられるか！　何がユートピアだ。イーハトーボだ。理屈で腹がいっぱいになるか。

硝子戸を叩く音。

政次郎　誰だ。こったな夜中に……。

　灰色のコートを着た男が立っている。

ケンジ　保阪君か……。

猫　ふくろうだよ。

ケンジ　……猫か。

猫　実はきつねです。

ケンジ　え？

猫　一郎さん、いや、ホモイ様、あの玉を持って森に早く。

ケンジ　ホモイ？　一郎？

猫　あの玉をうさぎのホモイから、あんたが受け取った途端に、あんたがホモイになって、森を守って行く使命を授かった。しかし、あなたは元々山猫様からはがきを貰って森に入った金田一郎さんでしたね？

ケンジ　そうだったかな？

猫　とにかく森に来て下さい。みんな待ってます。
ケンジ　だけどこっちもとりこんでるんだ。オラの人生の未来がかかっているんだよ。
猫　オラの人生？
ケンジ　分かったよ。みんなが大事だ。

ケンジが振り向くと、両親はうさぎの親子に。清六は岩手山になっている。

ケンジ　あれ？　岩手山、君はまだ戻っていなかったのか？
岩手山　今、戻りかけてる。今移動中なんだよ。
ケンジ　みんなはまだ硝子の檻に閉じ込められたままだったのか……。

うさぎのホモイは瀕死の様子である。

ケンジ　君、どうしたんだ。
ホモイ　僕は罰が当たったんだ。その玉をケンジさんにおしつけたから。ああ、僕はもう死ぬ。

ケンジ　君、この檻からみんなを出すんだ。
きつね　私はホモイ様の指示に従っただけですぜ。私はあなたの家来に過ぎないのですから。
ケンジ　僕じゃない、山猫だろ？
　　と、ガラスの割れる音がして檻が粉々に砕ける。
一同　おお！
　　そして嵐が静まる。
きつね　雲の奴です。閉じ込められた雲を仲間の雷が助け出したのです。
ケンジ　本当に雲まで閉じ込めていたのか！
　　うさぎのホモイの腹が裂けて中から臓物が出てしまっている。

ひばり　ああ、これなら私たちが切腹した方が良かった。

ホモイ　私を食べて下さい。私は誰かの役にたって死にたい。私はいつもシロツメクサを食べていますが、その葉っぱについた虫さんも一緒に食べていた。虫さん虫さんごめんなさい。

きつね　こんなに言ってるんだ。みんなでごちそうになろう。

ケンジ　ちょっと待ってくれ。岩手山、どうしよう？

岩手山　私はベジタリアンなんだよ。

ケンジ　はあ？

岩手山　せっかくホモイ君がその身を犠牲にして、今のみんなの飢餓状態を救おうとしても、私は動物を食べることはできない。

動物たち、腹をすかせたまま、じっとホモイを見ている。

動物①　腹がぺこぺこだ。でも、岩手山がベジタリアンだと言うなら、オラもベジタリアンになるしかねえ。

動物たち　腹が空いて死にそうだが、岩手山がそう言うなら仕方がねえ。

岩手山　ままて、オラに構わねえで誰か食べろ。
一同　ええ？
岩手山　ベジタリアンはそうじゃない人を差別したりしない。
一同　……。
きつね　そういうことじゃなくてさ。あ、お前何握ってる。

うさぎの父親硬く結んだ手を開くとしじみであった。

うさぎの父　あんまり腹へって河っぺりからしじみ採ってきたんだが、言い出せなくなっちまって。
ケンジ　しじみくらい食ったらよかんべ。
一同　……。

一同ケンジをにらみつける。

きつね　しじみだってアサリだって生きてるんだ。お味噌汁作ろうと思ってさ、沸騰したお湯にしじみとかアサリを入れると、カパッと貝殻が開いて貝の腹出るだろ？「あ、殺したな……」って思うだろ？　まだ沸騰したお湯に入れれば一瞬で死ぬが、貝を入れたまま、低温度から高温度にして煮ると、まるで石川五右衛門だぞ。

一同　ひえぇ……。

うさぎの父　子持ちシシャモだって、妊婦を沢山焼いてるイメージだものな。

きつね　ほんとにオラたち残酷だ。

ホモイ　誰かが生き残るためには誰かが犠牲にならなくちゃ。僕は本当に苦しい。早く誰か食べて下さい。

ケンジ　岩手山がベジタリアンになると、岩手山の動物たちのほとんどが死に絶えるということか……。

うさぎの父　ああ。みんなで心中するしかねえなあ。

と、大勢の猫の鳴き声。山猫が現れる。髭は付けていない。

山猫　私が食ってやるよ。私はベジタリアンじゃない。

と、ホモイに近づき帽子を脱ぐ。きつね、途中で猫に変わっていた。

猫　君はマリア・テレジア……。

ケンジ　マリアは黒猫だったんですか？

猫　ああ……黒曜石のような肌。黄色いお月さんのような瞳。生きていたんだね？　マリア。

マリア　高波が来た時、声が聴こえた。あれはあなたの声ですか？　登れ登れ杉の木に。榊と杉が溶け合いまつわりついた奇跡の杉の木に。私は子供たちを連れてどんどん細い先まで、枝を伝って登って行きました。本当にお月さままで登ったようでした。あんなに高い木に登ったのは初めてだった。すべてが黒い渦の中に飲み込まれるのを私たちは見ていました。丘が削られ、船が砕け、遠くのほうで巨大な隕石が落ちるような恐ろしい音が、何度も何度も聴こえました。子供たちの何人かは爆風に吹き飛ばされて泥の中に消えました。私は何人抱きかかえられていたのか……何日も何日も高い木の上で水が引くのを待ちながら、震えて凍えておりました。何日たったでしょう……私の手はかじかみ、きつく抱えようとすればするほど、私の手から子供たちがすり抜けていくのです。あああ。私は濃い霧の立ちこめる空に向かって叫びました。その時です。パタパタパタと鳥の羽音がしたんです。霧が晴れると遠くの方から黒い鳥たちが飛んできて、私の子供たちを一人一人その足で掴んで拾い上げ木の周りを旋回しました。私は泣きました。黒い鳥が子供たちを助けてくれたんです。私ははじめ、カラスだと思いました。その翼は真っ黒だったから。けれど、私の目の前で羽ばたく鳥を見て気が付きました。その翼が泥に汚れていたことに。その鳥たちは津波の泥にまみれた白いふくろうだったんです。ふくろうたちは私の子供たちを森に運んで行きました。両手を掴まれて空を飛んでいく子供たちはまるで天使のように見えました。子供たちに翼が生えたように見えたんです。私はホッとして……そして……。

猫　そして？

マリア　落ちたんです。まっさかさまに……。

猫　だって……君は……。

マリア　ハハハハハハハ。

猫　君は……。

マリア　マリアは死んだよ。高い高い、まるで永遠のように高い杉の木から落ちて。あたしはその遺体を食べたけど、柔らかでおいしかったさ。マリアを食べたあたしはマリアの言葉を話す。あの榊と杉の溶け合った木のように、あたしの細胞はマリアと溶け合ってる。

猫　君は誰なんだ。

別当　毒蛾だ。こいつらみんな毒蛾だったんだ。毒蛾が山猫様を食っちまった。

ケンジ　一体どうなってるんだ。

猫　マリア、マリア。

ケンジ　君、君、これはマリアじゃない。

猫　マリアを食ってマリアの言葉を話すのなら僕はこの人と一緒にいなければ。

ケンジ　ああ、駄目だ、君まで食われてしまう。

猫　いいさ食われたって。いつかは誰かに食われるんだから。

マリア、黒いマントを広げ、猫を抱きかかえようとする。

ケンジ　あああ。

と、助けようと駆け寄ると多数の猫の声がして毒蛾が現れ辺りを真っ黒く覆う。
トランクから黒い毒蛾が舞っていた。しめるケンジ。トランクを持つ。

清六　あんちゃんお帰り。光太郎先生さ会ったたか？
ケンジ　うん。
清六　どうだった？
ケンジ　忙しそうだった。
清六　ええ？
ケンジ　あんまり迷惑もかけてらんないしな……。
清六　作品見せたのか？
ケンジ　……。
清六　持って行ったんだべ？
ケンジ　うん。
清六　……。
ケンジ　忙しそうだった……東京の人はみんな忙しそうだ……。
清六　セロ、ならてきたが？

ケンジ　うん。タイプライターもオルガンもならてきたぞ。
清六　歌舞伎は観てきたが？
ケンジ　うん。六代目菊五郎が毎日即興で踊る場面があってな、その踊りが、日本の踊りでないような、西洋のダンスみたいな出鱈目(でたらめ)な踊りよ。周りの役者がみんな演技を忘れて笑ってしまってよ、芝居が中断するのさ。いやあ面白くて面白くて、笑いすぎて腹痛くなった。
清六　オラも観たかった。
ケンジ　東京は面白いところだ。本当に面白い。誰もオラのことしらないんだ。誰もよ。これは東京では当たり前なことだ。……んでもちょっと寂しいな。駅で転んでも誰も気がつかない……。歌こ歌っても誰も笑わない。
清六　ヤスさんが亡くなられたそうだ……アメリカで……。
ケンジ　……フィンランド公使の講演も良かった。後三十年もすれば、エスペラント語が全世界の共通語になると話してた。そうなったら地球全体が家族になるな。戦争もなくなって、みんなで宇宙人の話するようになるな。公使に「春と修羅」と「注文の多い料理店」渡して来たぞ。
清六　（驚いて）会って来たのが？

ケンジ　うん。フィンランドは独立したばっかりの新しい国だ。あの人はオラの仲間だと思ったじゃ。

猫　ははは。玉が濁ってきたぞ。

ケンジ　オラは自分が天才だと思ってた。オラの作品が理解できないような奴らはみんな馬鹿だと思ってた……オラはホントに醜いなあ……。

猫　君は、怒りに震えると自分の体が赤色に変わると言っていたね。

ケンジ　ああ、保阪君、オラは気が狂いそうだ……。

猫　榊と杉が二本でひとつになっている。二本が絡み合って高みに向かって伸びている。あの杉の木はまるで僕らのようだと君は言ったね。

ケンジ　ああ……オラを置いていかねでくれ。オラを捨てないでくれ。

猫　……百姓の国。ハッピーキングダムを作る為なら、僕らは死のう。共に死のう。と君は言った……。けれど、僕は、もう大人になってしまったよ。

ケンジ　オラを捨てるな。捨てるな。

玉が砕ける。ケンジの両手が真っ赤な血で染まる。

弦楽四重奏聞こえる。

ケンジ指揮をする。

信夫　ケンジさんが新聞に載ってるよ。アカだってよ。羅須地人協会なんて怪しげな組織作って、お国さたてついてるってよ。

絹恵　音楽演奏したり、レコード鑑賞したり肥料の研究してるだけなのに、なして新聞さ。

若い清六とシゲがリアカーを引いてやってくる。

シゲ　あんちゃん、みんなただで持っていっちまった。

若い清六　みんな、花を金出して買う習慣がないんだじゃ。あんなに大変な思いして作った花なのによ。

シゲ　オラ、チューリップなんて花初めて見た。花びらがひっくり返ったあんな形の可愛い花この世さあるなんて、姉ちゃんに見せてやりたかったたな。

若い清六　みんな持っていかれつまったよ。

ケンジ、リアカーを引く。

ケンジ　いいんだよ。みんな喜んで持っていったんだ。みんな笑ってたべ？　ハハハ。笑ってたべ。いがったな……。

動物たち集まってくる。そして、ふくろうのような仕草になる。そして中央にかたまり波動となる。

「田園」聞こえる。

ケンジ　おれたちはみな農民である。ずいぶん忙しく仕事もつらい。もっと明るく生き生きと生活をする道を見付けたい。われらの古い師父たちの中にはそういう人も応々あった。近代科学の実証と求道者たちの実験とわれらの直観の一致に於て論じたい。世界がぜんたい幸福にならないうちは個人の幸福はあり得ない。自我の意識は個人から集団社会宇宙と次第に進化する。この方向は古い聖者の踏みまた教えた道ではないか。新たな時代は世界が一つの意識になり生物となる方向にある。正しく強く生きるとは銀河系を自らの中に意識してこれに応じて行くことである。

われらは世界のまことの幸福を索ねよう。求道すでに道である。


動物たち熱心にケンジの話を聴いているようだ。

ケンジ演説に熱がこもってくる。

ケンジ楽器になるようなものを探して動物たちに渡していく。動物たち徐々に楽器を演奏し始める。

その間、ケンジは「農民芸術の興隆」を語る。

曾つてわれらの師父たちは乏しいながら可成楽しく生きてゐた
そこには芸術も宗　教もあった
いまわれらにはただ労働が　生存があるばかりである
宗　教は疲れて近代科学に置換され然も科学は冷く暗い
芸術はいまわれらを離れ然もわびしく堕落した
いま宗教家芸術家とは真善若しくは美を独占し販るものである
われらに購ふべき力もなく　又さるものを必要とせぬ
いまやわれらは新たに正しき道を行き　われらの美をば創らねばならぬ

芸術をもてあの灰色の労働を燃せ
ここにはわれら不断の潔く楽しい創造がある
都人よ　来ってわれらに交れ　世界よ　他意なきわれらを容れよ

もとより農民芸術も美を本質とするであらう
われらは新たな美を創る　美学は絶えず移動する
農民芸術とは宇宙感情の　地人　個性と通ずる具体的なる表現である

風とゆききし　雲からエネルギーをとれ

職業芸術家は一度亡びねばならぬ
誰人もみな芸術家たる感受をなせ
個性の優れる方面に於て各々止むなき表現をなせ
然もめいめいそのときどきの芸術家である

……おお朋だちよ　いっしょに正しい力を併せ　われらのすべての田園とわれらの

すべての生活を一つの巨きな第四次元の芸術に創りあげようでないか……
まづもろともにかがやく宇宙の微塵となりて無法の空にちらばらう
しかもわれらは各々感じ　各別各異に生きてゐる
ここは銀河の空間の太陽日本　陸中国の野原である
青い松並　萱の花　古いみちのくの断片を保て
『つめくさ灯ともす宵のひろば　たがひのラルゴをうたひかはし
雲をもどよもし夜風にわすれて　とりいれまぢかに歳よ熟れぬ』
詞は詩であり　動作は舞踊　音は天楽　四方はかがやく風景画
われらに理解ある観衆があり　われらにひとりの恋人がある
巨きな人生劇場は時間の軸を移動して不滅の四次の芸術をなす
おお朋だちよ　君は行くべく　やがてはすべて行くであらう
……われらに要るものは銀河を包む透明な意志　巨きな力と熱である……
われらの前途は輝きながら嶮峻である

嶮峻のその度ごとに四次芸術は巨大と深さを加える
詩人は苦痛をも享楽する
永久の未完成これ完成である

「農業芸術概論綱要」は中盤からミュージカルのように演じられていた。宮澤賢治の好きだったオペレッタ風に、歌のソロと合唱も交えながら陽気に賑やかに演じられる。歌のメロディーは当時賢治がやっていたように、「田園」と「新世界」のメロディーをうまく合わせてやってみる。

（オペレッタとは、娯楽的要素が強く、軽快な内容の歌劇。独唱や合唱に対話の台詞を交える。十九世紀後半に成立、後にミュージカルに発展。喜歌劇。軽歌劇。小歌劇。と、辞書にある）

一同手を広げ、笑顔で膝を着く。白い歯。日に焼けた肌。額に汗。

ケンジそのまま布団に倒れこむ。

ケンジ　※7そしてわたくしはまもなく死ぬのだらう

わたくしといふのはいったい何だ
何べん考へなほし読みあさり
さうともきゝかうも教へられても
結局まだはっきりしてゐない
わたくしといふのは

木々が現れ、口で「ヒューヒュー」叫ぶ。
保阪（猫）と清六、ケンジの姿をさきほどからじっと見ていた。

風（猫）　さあ起きて[※8]
赤いシャッツと
いつものボロボロの外套を着て
早くおもてへ出て来るんだ
おれたちはみな
おまへの出るのを迎へるために
おまへのすきなみぞれの粒を

横ぞっぱうに飛ばしてゐる
おまへも早く飛びだして来て
あすこの稜(かど)ある巌(いは)の上
葉のない黒い林のなかで
うつくしいソプラノをもった
おれたちのなかのひとりと
約束通り結婚しろ

ヤス現れて哄笑する。
ケンジ正座する。
四人の農婦現れケンジの周りを走る。
にこやかに笑うケンジ。
農婦たち立ちさる。
ケンジ咳込む。

ケンジ　こんやもうこゝで誰にも見られず[※9]

ひとり死んでもいゝのだと
いくたびさうも考をきめ
自分で自分に教へながら
またなまぬるく
あたらしい血が湧くたび
なほほのじろくわたくしはおびえる

と、布団に入る。

子供たちの笑い声が聞こえる。

祭りの音聴こえる。

ケンジの生徒たちが踊る。幻想の鬼剣舞現る。

ケンジ独り言のように「雨ニモマケズ」をつぶやく。途中で清六の声がだぶり、ケンジの声は消える。高村山荘に清六と縞島、そして、年老いた信夫と絹恵もいる。

清六　トランクのポケットからあの手帳が見つかった時は驚いたなあ……あれこそ奇跡

です。

縞島　凄い詩ですね。計算しつくしているのに、その計算が見えないほどにその精神性に目がくらみます。

清六　あの詩は兄の自問自答です。あれほど、地元の農家の方々のことを考え、助けようと全身全霊を傾けても理解されなかった兄が、くじけそうになる心をギリギリギリギリ臓物を縛るようにして、自分を励まそうとして書いた。書いたというより刻んだんだな手帳に。日記代わりの言葉だな。

縞島　作家は、一旦言葉を紙の上に書いてしまったら、もうそれは自分の肉体から離れてしまって、それはもう空気と同じものになってしまうんじゃないかなあ……。命が濡れたままそこにあるという感じだなあ……。

清六　こうやって手と手を合わせるとやはり人の手は濡れてますよね。生きているからですよね。兄の詩がいつまでも濡れているなら、私は嬉しいです。

縞島　トランク、差し上げますよ。

清六　ええ？

縞島　女房が見つかったんでね。もうそれを持ってなくても生きていかれそうだ……。

清六　それは良かった……。でも何かお礼をしないと……。

縞島　ケンジさんの話をして下さった。それで私もなんだか会ったような気がして嬉しかった。それで充分です。

清六　父親の弟で二十七歳で若死にした、私どもの叔父がいたんですが、その叔父が写真家で、すぐに三陸海岸まで飛んで行って、写真を沢山撮って来たんです。岩手日報にもその写真が載ったんですがね。兄は幼い頃から、その写真を見て育ったんです。

縞島　震災で亡くなった方たちの写真ですか……。

清六　はい……。私は長い間兄の傍にいました。ある人には、立派だな、と褒められ、ある人たちには嘲笑され、ある人たちにはどうしても理解されませんでした。兄の持って生れた性格は、この世では誠に不幸だったと思います。弟としてそれを何とも出来なかったのが、本当に気の毒で仕方ないんです。

信夫　ケンジさんは良い人だった……おもしゃい人だった。

絹恵　ケンジさんが笑うとオラ、嬉しかったな。オラ、好きだったたな。なあ？

信夫　うん。ケンジさんもオラだが笑ってると嬉しそうだった。清六さんが笑ってると、本当に嬉しそうだった……。何も悔むことはないよ、清六さん。

清六　……はい。兄の性格も生涯も、他からの批判や同情などとは全く無縁の、何としてもそうしか出来ない必然的なことで、結果でもあったかもしれません。兄の生涯とその全作品は日本の東北という銀河系のなかのひとつの遊星、地球の一地域と、一九〇〇年代のある一時期との間に設置されて、寸分も動かすことも曲げることも出来ないような四次元の軌道の上を、持って生れた善意という燃焼物を燃やし続けて過ぎ去った現象、あるいは第四次の軌跡そして記録と考えるしかありません。

縞島　清六さん……。

清六立ち上がって思わず林に声を掛ける。

清六　あんちゃん。オラさもっと物語聞かせてくれ。オラもっと聞ぐだい。もっと聞かせてけろ。オラだの物語ばもっともっと聞かせてけろ！

大きな月が出る。ケンジ笑って現れる。

ケンジ　泣ぐな清六。あんちゃん話作るぞ。お前らさ、もっともっと聞かせてやる。月ば見てみろ。星ば見てみろ。ホレ、聴こえるべ？　あんちゃんの声聴こえるべ？

な？　清六。

と、若い清六現れて、

若い清六　うん。聴こえるよ。あんちゃんの話は面白(おもしゃ)いな。

シゲ　うん。おもしゃいなあ。

と三人笑う。そこに野良着姿で頭に手ぬぐいをかぶった健康そうなトシが鍬(くわ)を背にして現れ、手を振る。

ケンジ　トシ……。

トシ　あんちゃん！　みでみろ。今年は稲がおっきく育って、こんなに光ってる。

ケンジ　おお……。

トシ　あんちゃんの肥料の指導、間違っていねがったな。

ケンジ　アッダリ前だ。

四人、大いに笑う。
音楽。ふくろうたち現れる。そして歌う。

一同　♪こんな闇夜の野原の中をゆく時は
客車の窓はみんな水族館の窓になる
乾いた電信柱の列が
せわしく映っているらしい
汽車は銀河系の玲ろうレンズ
大きな水素のりんごの中をかけている
りんごの中を走っている
けれどもここは一体どこの停車場だ

汽笛。列車の到着した音。

ケンジ　カムパネルラ。

カムパネルラ現れる。しかし、ボロボロになった衣服を着た、猫である。胸に本を抱いている。

猫　ジョバンニかい？

ケンジ　やっと列車が着いた。切符は持ったかい？

猫　僕は乗らないよ……。

ケンジ　ええ？

猫　ここにいる。ここにずっといる。千年でも一万年でもここにいるさ。ここにね、マリアが生きていた。でも、僕がここにいてやらなくちゃマリアがここにいたことを知る者はいなくなってしまうから。

ケンジ　マリアは見つかったのかい？

猫　いいや……でもあきらめないさ。

ケンジ　……僕は、何度、この銀河鉄道に乗ったろう？　何度乗っても目が覚めるといつも原っぱにいる。

猫　それはね、誰かが君を思い出しているからだ。君は思い出される度に列車に乗って何度でも旅をする。

ケンジ　今度目が覚めたら、また君に会うのかな……。

猫　ああ、君がいつか翼の生えた猫の話を書くまでは。きっと何度でも。

ケンジ微笑む。ケンジ猫が抱えていた本に気が付く。

ケンジ　その本は？

猫　落っこちてたんだ。ここに。瓦礫の中にさ。指から血を流しながら、女房の遺体を探してたらさ、代わりにこれがあったんだ。今度は、この中を探してみようと思って……。

ケンジ　……。

猫　君もここを探すといいよ。

と、猫、本をケンジに手渡す。本を開くケンジ。
ふくろうたちがチューリップになって行進してくる。その姿は菩薩のようにも見える。大きな月が出ている。

猫　見ろよ。海星が星になって天上に帰っていくぞ。

ケンジ　ああ……。

猫　みんな許されたんだな……。お前の玉も……。

破裂したはずのケンジの持っていた玉が元に戻っていた。

ケンジ　ああ、きれいだな……。

と、玉が本の中に吸い込まれて消える。

大人の清六、ケンジの後ろから、ケンジを抱くようにして、その本を持っていたケンジの手からそっと受け取り、表紙を撫でる。そして大事そうにかかえ、トランクの中にしまう。すると、さっきから舞台上にいた登場人物全員が消える。しかし、ボロボロになった猫だけは消えずにそこにいる。清六トランクを持って、客席に退場する。舞台上に煌々と輝く月。風音。

ボロボロの猫、狂ったように瓦礫を必死に掘って妻の遺体を探している。しかし、掘っている途中でそのまま瓦礫の中に息絶えてしまう。風音。雪もチラホラ。

笑顔の少女トシが本を抱えて現れ、そっと猫の指先にその本を置いて開く。

「田園」が聴こえる。トシ、静かに消えていく。猫の腹が光る。

闇

＊

戦時中の父の精神を支えた高村光太郎。父は焦土と黒い遺体の上で、日本の、この逆さになった価値観までのプロセスの謎を解こうと郷里の山形へ戻った。そして、自己を幽閉するように花巻で独居生活を送る光太郎と文通を始めた。

光太郎のお陰で戦後を生きることができたという父の元に届いた光太郎からの葉書に「渡辺君は宮澤賢治の精神にどんどん近付いていますね」と書かれていた。

賢治の父と弟清六に世話になりながら花巻の山荘で暮らすうち、光太郎こそが賢治の精神に近づいて行ったのではなかったか？　と私は思う。賢治の遺作を防空壕を作ってその中に入れるよう助言したのは光太郎だった。彫刻も原稿も、自分の作品のすべてが東京大空襲によって灰となり跡形もなくきえてしまったからであった。光太郎の助言のお陰で、私たちは今賢治の作品を読むことができる。「雨ニモマケズ」の詩を世に届けたのも光太郎だった。

そして花巻時代、現地のひとたちに乞われて、賢治の詩を石碑に掘ったり、色紙に書いたりと、光太郎は賢治の稀有な精神を、自分の体を使って世界に伝えようとしていたようである。

父も光太郎によって賢治を読み、私はその父によって賢治を読むようになった。

3．11の最中に「月にぬれた手」の上演があった。

地震の後、今こそ賢治を書かなければならないと強く思った。

光太郎にあこがれて、上京した賢治が自分の原稿を読んでもらおうと、光太郎の家を訪ねた時、光太郎は不機嫌に「今、忙しいから後少し経ったらまた来なさい」と追い返す。

賢治は二度と光太郎とは会わなかった。

その時の、シャイな東北人賢治の思いを思うと胸が押しつぶされる思いがする。

そして、後の光太郎の後悔は花巻での生活に反映されただろう。

この作品を書くにあたり、暖かい、賢治の子孫の方々に大変にお世話になりました。

清六さんの娘さんの宮沢潤子さん、その息子さんたち宮沢和樹さんと宮沢明裕さん、本当にありがとうございました。そして賢治の研究家加倉井厚夫さん、感謝いたします。

注

1 宮澤賢治「猫」より
2 同「春と修羅」より「青森挽歌」
3 同「詩ノート」より「青ぞらのはてのはて」
4 大正九年宮澤賢治から保阪嘉内あての封書の一部分
5 宮澤賢治「春と修羅」より「高原」
6 岩田しげ（賢治の妹）「思い出の記」より抜粋
7 宮澤賢治「疾中」より「そしてわたくしはまもなく死ぬのだろう」
8 同「疾中」より「風がおもてで呼んでゐる」
9 同「疾中」より「夜」
10 宮沢清六「兄賢治の生涯」より抜粋

参考文献

『宮沢賢治全集』全十巻、一九八六〜一九九五、筑摩書房
宮澤賢治『農民芸術概論綱要』花巻市文化団体協議会
『宮澤賢治研究』全二巻、高村光太郎装丁、草野心平編、一九五八、筑摩書房
畑山博『教師宮沢賢治のしごと』一九八八、小学館
同『宮沢賢治　幻の羅須地人協会授業』一九九六、廣済堂出版
菅原千恵子『宮沢賢治の青春』一九九七、角川書店
宮澤和樹監修『宮澤賢治　魂の言葉』二〇一一、ロングセラーズ
石寒太『宮沢賢治　祈りのことば』二〇一一、

実業之日本社
魚戸おさむ『イーハトーブ農学校の賢治先生』二〇一〇、小学館
重松清、澤口たまみ、小松健一『宮澤賢治　雨ニモマケズという祈り』二〇一一、新潮社
群像日本の作家『宮澤賢治』一九九〇、小学館
新潮日本文学アルバム『宮沢賢治』一九八四、新潮社
宮沢清六『兄のトランク』一九九一、筑摩書房
山折哲雄『デクノボーになりたい　私の宮沢賢治』二〇〇五、小学館
龍門寺文蔵『「雨ニモマケズ」の根本思想』一九九一、大蔵出版
見田宗介『宮沢賢治　存在の祭りの中へ』一九八四、岩波書店
田口昭典『宮沢賢治と法華経について』二〇〇六、でくのぼう出版
大角修訳・監修『図説　法華経大全「妙法蓮華経全二十八品」現代語訳総解説』二〇〇一、学習研究社
佐藤進『賢治の花園』一九九三、地方公論社
澤村修治『宮澤賢治と幻の恋人』二〇一〇、河出書房新社
トルストイ『懺悔』北御門二郎訳、一九六五、青銅社
同『少年時代』米川正夫訳、一九三二、岩波書店
同『クロイツェル・ソナタ』米川正夫訳、一九九四、岩波書店
同『人生論』中村融訳、一九八〇、岩波書店

演劇に託す、渡辺えりの祈り

（朝日新聞記者）

山口宏子

渡辺えりは、演劇人の中で最も広く親しまれている一人だ。

多くの人々がよく知るのは俳優としての顔だろう。生活感のある確かな演技でドラマの主演シリーズを持つ一方、映画「Ｓｈａｌｌ　ｗｅ　ダンス？」やＮＨＫ朝の連続テレビ小説「おしん」「あまちゃん」など数々の作品で、強烈な印象を残してきた。情報番組やバラエティーでもおなじみだ。

舞台でも多彩な演目に出演する。近年は、松竹製作「三婆」で、共演の大竹しのぶ、キムラ緑子とともに、新橋演舞場など大劇場の観客を大いに笑わせながら、年齢を重ねた女性がどう生きるかという問題を投げかけ、同世代の熱い支持を受けている。

俳優として大輪の花を咲かせる渡辺。それをどっしりと支える幹と根にあたるのが、劇作家、演出家、劇団主宰者の部分だろう。すべてがそろって「演劇人・渡辺えり」。

二十代で劇団を旗揚げして以来、渡辺はこのスタイルを貫いてきた。

□

劇作家・渡辺は、自分自身の深いところにある「このことを語りたい」という強い思いを掘り出し、観客に示す。その「思い」はいつも、弱いもの、抑圧されているもの、片隅においやられているもの、忘れ去られそうなものへの強い共感でいっぱいだ。同時に、誰かを踏みにじり、傷つけるもの（例えば、戦争、差別、いじめ……）への怒りが燃えている。

普段は率直にものを言う渡辺だが、演劇では、「思い」をむき出しにしない。奔放な発想で複雑に形を変え、詩情あふれる言葉に転化する。いくつもの物語が並行して進み、時空を超えて交わり、日常と異世界が地続きになる。そうして織り上げられた戯曲は、多くの場合、劇団を中心とする集団の演技によって、観客に手渡される。生身の人間同士が出会う劇場で、作り手、演じ手、受け手、それぞれの想像力が掛け合わされ、渡辺の「思い」は、人が生きてゆくことを励ます切実な演劇となって立ち現れるのだ。

□

本書に収められた戯曲「月にぬれた手」「天使猫」にも、そうした作風がよく表れている。

この二作は二つの意味で特別な存在でもある。

一つは、テーマが渡辺にとって、とても近しい詩人たちであること。もう一つは、東日本大震災の直前直後に書かれた戯曲であることだ。

「月にぬれた手」は高村光太郎を、「天使猫」は宮沢賢治を主人公にしている。この二人の詩人と渡辺との出会いは、子供時代にさかのぼる。

小学校の教師だった渡辺の父は、幼かった娘の枕元でよく、光太郎と賢治の詩を読んでくれたという。渡辺は「意味はよく分からなかったけれど、今でもいくつかの詩をそらんじることができます」と語っている（朝日新聞「おやじのせなか」二〇〇五年一月三十日）。

□

「月にぬれた手」は、彫刻家で詩人の高村光太郎（一八八三〜一九五六）の評伝劇だが、その生涯をなぞる物語ではない。

冒頭の場面は、晩年の光太郎が彫刻「乙女の像」を制作している東京のアトリエ。光太郎は室内に、この像のモデルで、すでにこの世にない妻・智恵子の気配を感じている。と、場所はいきなり、一九五一年の岩手県花巻の山の中に飛ぶ。そこは、戦争協力の詩を書いたことを反省した光太郎が、戦後の七年間、厳しい農耕生活を送った山荘だ。さらに、留学先のアメリカ、フランス……、時と場所は次々と切れ目なく変わり、光太郎はそれぞれの場で、彼の人生を形作った様々な人たちと出会い直してゆく。

この劇には、光太郎の「罪」を問う二人の女性が登場する。

一人は、満州から引き揚げ、花巻に来た農婦の伸。彼女の息子は二人とも、戦中に光太郎が発表した詩「必死の時」によって愛国心を鼓舞され、戦場へ向かい、命を落とした。

伸　おめえがよ、そんなにえらい芸術家の先生なんだらよ。なして、あんだな戦争ば止めながった？　なしてあおるだげあおってよ。自分は生きでで、私の息子だけ死ねばなんねんだ。（略）その詩で息子が死んだんだ。

その場に居合わせた青年・正夫が反論する。彼は山形から光太郎を訪ねてきたのだ。

正夫　先生のあの詩を声に出して読むと心が落ち着きました。死の恐怖で口から臓物が出そうな時だって、耐えることができた。（略）あの詩は生きるための詩でした。（略）戦うしかない僕ら、死ねと言われる僕らが後はどうしようもできない僕らが生きるために必要な詩でした。あの詩がなかったら、発狂していたかも知れない。

一つの詩が、ある者にとっては死への入り口に、別の者には生きる光となった。芸術の持つ複雑さが表現される場面だ。

正夫はまだ少年だった戦争中、東京・武蔵野の軍需工場で働いていた。一九四五年三月の東京大空襲の後、正夫は心酔する光太郎の身を案じて、駒込林町のアトリエまで自転車を走らせた。その時、光太郎と握手をし、詩集『道程』を渡された。

劇中で語られるこの正夫の思い出は、渡辺の父の実体験だという。三十代になって初めてこの話を聞いた渡辺は、空襲で父が亡くなっていたら、自分は生まれていないと思い、「遠い存在と思っていた戦争が突然、自分の人生に直結しました」と振り返っている（前述「おやじのせなか」）。

劇中でもう一人、光太郎を責めるのは、亡くなった妻の智恵子だ。

山荘の井戸から現れた智恵子は、女である自分、東北の福島県出身である自分が抱えていた生きづらさを、次々とぶつける。光太郎の、理想化した智恵子を愛した姿勢にも、死後、美しい詩にうたったことにも、いらだちを隠さない。

智恵子の怒りには、渡辺自身の怒りが共振している。渡辺は演劇人として若くして注目されたが、その中に、当時は珍しかった女性の作り手に対する意地の悪い視線も多分にあった。東京と比べて情報の少ない山形で育ったことで侮られ、くやしい思いもした。智恵子が憤る女性や東北出身者への差別は、渡辺自身の問題でもあるのだ。

この戯曲で渡辺は、若き日の父に生きる力を与え、自分自身の生命にもつながる詩を書いた光太郎への敬意と親愛の情を表現した。と、同時に、光太郎が象徴する都会のエリート男性が主導する社会への疑念や反発も表明しているのだ。

渡辺は、伸と智恵子にこうも語らせている。

伸　あんだみてなえらい先生でも、国のリーダーが狂っちまえば機械みたいに人を殺す道具のひとつになっちまう。そして、みんなそのことだって忘れてしまう。（略）これがらが戦争なんじゃないがって思うんだ。血のみえない死体の見えない戦争だよ……。

智恵子　暴力は大嫌い。一番卑怯なこと。その卑怯を正義に変えてしまうのが戦争なんだもの。

大きく誤った道に踏み出さないために、私たちは何を大切にし、どう考えてゆかねばならないのか。戯曲は、現代の社会にも通じる問いも投げかけている。

□

「月にぬれた手」は、二〇一一年、渡辺が学んだ舞台芸術学院（東京・池袋）の創立六十周年記念公演のために書き下ろされた。演出の鵜山仁、出演の金内喜久夫、神保共子、木野花、もたいまさこ、平岩紙らも皆、卒業生だ。この年の三月十七日から三十一日まで、学院に近い東京芸術劇場で上演されるはずだった。

その直前の十一日、東日本大震災が起きる。開幕は二十五日に延び、上演期間は大幅に短くなった。

渡辺はこの作品を翌年の五〜六月、東京都杉並区の座・高円寺で、オフィス３〇〇公演として再演した。出演者は一部変わり、渡辺も出演した。

この時、同時上演したのが、新作の「天使猫」。震災で傷ついた人々と東北の地に人一倍心を寄せてきた渡辺が、鎮魂の思いと希望を込めた音楽劇だ。

　モチーフは宮沢賢治。奇しくも彼が生まれた一八九六年と、亡くなった一九三三年は、ともに三陸を大津波が襲った年だ。賢治は科学者として、農業に携わる者として、大きな自然と向き合いながら生きた。そして、死者と交感する詩や童話を書いた。「天使猫」は、そんな賢治の人生に起きた出来事や様々な作品を引用しながら、死者を思い続けることと、その思いを胸に歩き出すことの尊さを描いている。

　劇の主人公はケンジ。彼は瓦礫の中で猫と出会う。空に舞う光るものをケンジが「雪か……」とつぶやくと、猫が「星の破片が舞っているんだ」と応じる。ケンジが「蛍じゃないか……」と言うと、猫は「蛍はすぐに死んじまうだろ？　しかし星はね、割かし長く生きられるから、僕は蛍を星の破片と言いたいんだ」とこたえる。

　その頰が光っていることにケンジが気づく。

猫　なぜかは知らないが、僕の両目からも星が降るんだ。
ケンジ　涙をまで星と言いたいのかい？　涙までもそんなに生かしたいのか？
猫　今を忘れたくないから。涙を枯らしたくないからね。

猫は指から血を流しながら、瓦礫を掘り返して、「死んだはず」の妻マリアの遺体を探し続けている。

雪、星、蛍、涙という美しいイメージの連鎖と深く静かな悲しみ。生のすぐ隣にある死と、旅立った者を思い続ける意志。大勢の人たちがいまも行方不明になっている東北の過酷な現実――。それらが混じり合った世界に、観客は引き込まれてゆく。

タイトルの「天使猫」は、猫のマリアが語る、最期に見た光景に由来する。

マリアは子供たちを連れて「奇跡の杉の木」に登り、津波から逃れた。だが、水が引くのを待つうちに、子供たちは次々落ちてゆく。それをふくろうが助け、森に運んだ。空を飛ぶ子供たちはまるで、翼の生えた天使のように見えた。その姿を目に焼きつけ、マリアは木から落ちた。

劇中では、妹・トシや弟・清六ら宮沢家の人たち、友人、花巻の人々、きつね、うさぎ、ひばり、岩手山など多彩な登場「人物(ひと)」の物語が、重層的に展開する。そして終幕、銀河鉄道が到着し、海に沈んで海星となった星が天に帰り、ケンジの本とトランクは清六に受け継がれ、猫は息絶える。静かな月明かりに照らされた、哀しく美しい幕切れだ。

「天使猫」は二〇一四年に再演され、全国を回った。東北では、盛岡、石巻、仙台、山形、南相馬の各地で公演した。震災発生直後から、何度もボランティアとして被災地に赴いた渡辺は、地元の人から「お金や物資は数が足りなくて、みんなに分けることができない。だから分けなくていい演劇が観たい」という声を聞いたという。それに応えての巡演だった。

東北人として、同時代を生きる演劇人として、渡辺は震災と向き合ってきた。「天使猫」はその中から生まれた。これは、渡辺の祈りの戯曲だ。その言葉の中には、傷ついた人々に寄り添いながら、生きてゆく背中をやさしく押し、希望を語る「演劇の力」を信じる渡辺の強い思いがみなぎっている。

初演記録

『月にぬれた手』
二〇一一年三月　舞台芸術学院創立六十周年記念公演（東京芸術劇場シアターウエスト）
演出＝鵜山仁

『天使猫』
二〇一二年五月　オフィス3〇〇（座・高円寺1）
演出＝渡辺えり

渡辺えり

III

月にぬれた手

天使猫

〈演劇 47〉

二〇一九年八月 十 日 印刷
二〇一九年八月十五日 発行

（定価はカバーに表示してあります）

著者 渡辺えり

発行者 早川 浩

印刷者 大柴正明

発行所 株式会社 早川書房
郵便番号 一〇一 - 〇〇四六
東京都千代田区神田多町二ノ二
電話 〇三 - 三二五二 - 三一一一
振替 〇〇一六〇 - 三 - 四七七九九
https://www.hayakawa-online.co.jp

乱丁・落丁本は小社制作部宛お送り下さい。
送料小社負担にてお取りかえいたします。

印刷・株式会社亨有堂印刷所　製本・株式会社明光社

ISBN978-4-15-140047-6 C0193

本書は活字が大きく読みやすい〈トールサイズ〉です。